动物故事大王马文秋
奇趣自然大冒险系列

# 大漠神驼

马文秋 / 著

浙江教育出版社·杭州
ZHEJIANG EDUCATION PUBLISHING HOUSE

# 书写生命传奇

早在人类出现以前,大大小小的野生动物就生活在我们这个蓝色的星球上,但如今它们的数量已经很少,只有在一些人迹罕至的地方,才能找到它们顽强而自由的身影。野生动物的世界是一个隐秘而独立的世界,卑微却不失尊严,延续着生命的传奇。

本书的作者对神奇的大自然产生了浓厚的兴趣,怀着神圣的使命感走进大自然,接触到了众多充满灵性的原生态的生命,并把所见所闻写成生动有趣的故事。可以说,作者为我们打开了一扇了解野生动物的大门。黄河源头、祁连山、念青唐古拉山、柴达木盆地、贵州苗寨、舟山群岛、巴丹吉林沙漠、云南密林、木孜塔格山、察隅河谷、武夷山、神农架林区、南海荒礁、九万大山、内蒙古草原、塔里木河、小五台山、怒山、黎母岭、他念他翁山、库木库勒盆地……都留下了作者探索和探险的足迹。

这种用生命写作、为生命而写作的精神，令我颇感欣慰。

这套书分五册，有近百个故事，描写的动物种类相当多。翻开其中一本，粗略算下，就涉及了缅甸蟒、金猫、藏狐、雪豹、蒙古野驴、黑麂、骆驼、狗獾、黑熊、水獭、虎头海雕、紫貂、马鹿、貂熊、东北虎、鄂伦春马、犀鸟、棕熊、白唇鹿、黑尾蟒、藏獒等多达二十一种动物。全书每个章节后面都配有动物观察笔记，让人在充满快感的阅读后，还能认识不少有趣的动物，开阔了视野。

书中的很多故事，是描写人与动物的珍贵情感的，充满正能量，特别能打动人，小读者们读这些文章，能从小培养宽仁博大的爱心、勇敢担当的精神和高尚的情操。在作者笔下，每个动物都有自己的性格和个性，充满真实的“人性”，体现了作者对动物的尊重。作品文字优美流畅，情节惊险曲折，有助于提高孩子的写作能力和想象力。

动物小说大王　沈石溪

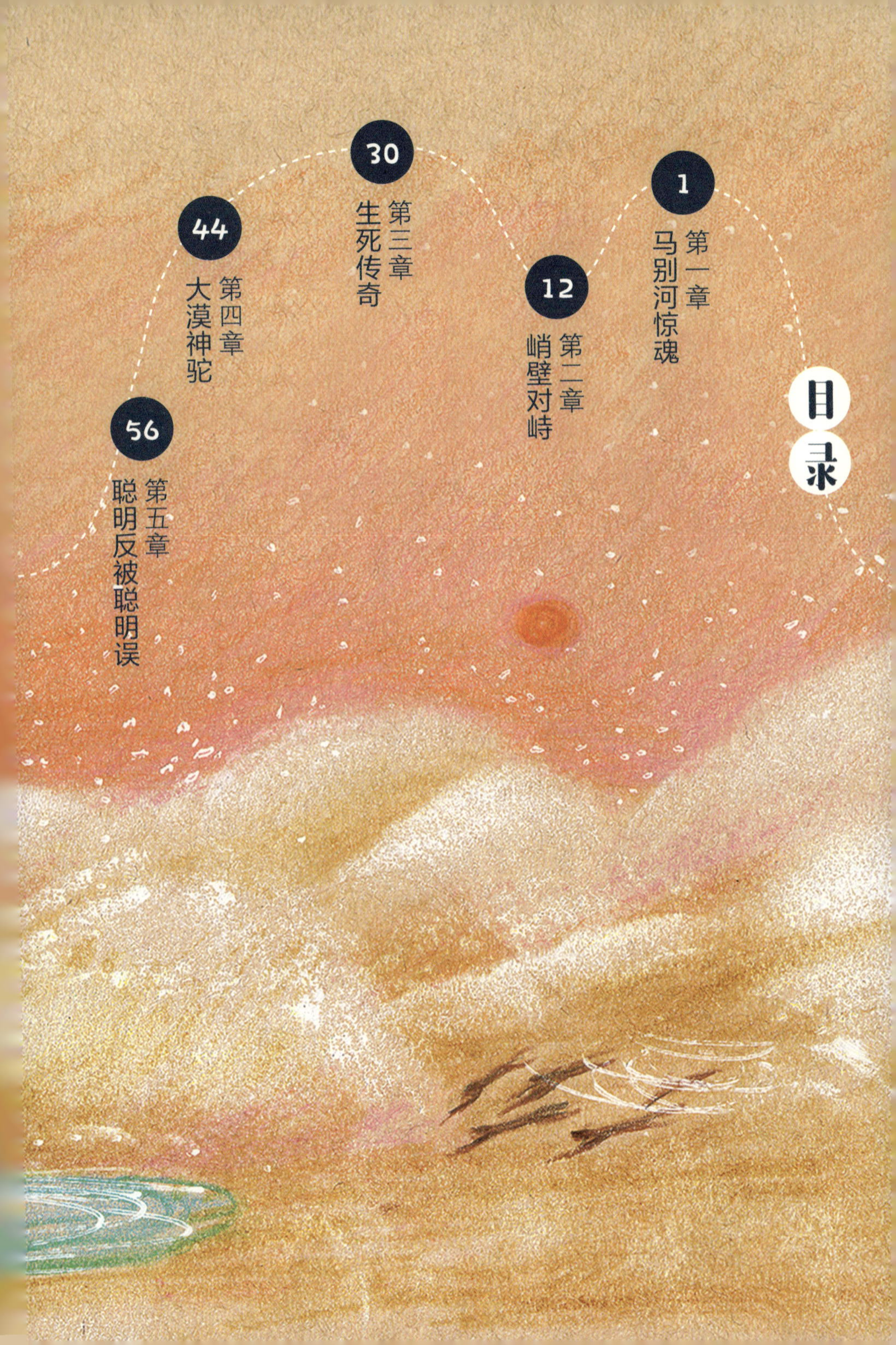

# 目录

# 第一章

## 马别河惊魂

扫码即可
声临其境

盛夏时节，贵州马别河边一个小伙子正在艰难地独步。马别河是珠江流域西江水系上源南盘江下游段的大支流之一，两旁的山不太高，但树木极其茂盛，鸟兽奇多，阳光被密密层层的枝丫遮挡着，一切都让人感到压抑。这个小伙子叫张忆，长得人高马大，是个刚刚大学毕业的学生。他跟着一群资历老道的驴友进山探险，却不料与大家走散。

面对周围陌生的一切，他只能一边呼救一边朝亮堂的地方移动。可路变得越来越难走，张忆又坚持走了半个小时，眼前终于开阔起来，一条平静的小河从他跟前流过。他在河边的一块大石头上躺下，呼呼喘着气，累极了！平时从没走过这么远的路。为了防止被一些枝叶划伤，他穿了外衣，浑身包裹得很严实，出了很多汗，现在终于可以把衣服脱下来了，感觉一下子轻松了许多。休息了好一会儿，他又吃了一些东西，身子渐渐恢复了气力。

河面清幽，绿得像一块碧玉，他出神地望着眼前的碧水青山。突然草丛里传出一阵窸窸窣窣的声响……

他屏住呼吸，瞥见草丛里钻出一条大蛇。大蛇有四五米长，从它那清晰的云状花纹可以判断这是一条缅甸蟒。老师给他们讲过本地的野生动物，他印象比较深刻。缅甸蟒体形特别大，能捕捉大中型的动物，据说能吞下一只山羊。人一旦被它缠住，就完了，只要一呼气，它就勒紧一下，很快就会使人窒息，被勒住脖子更是很快就没命。缅甸蟒吃掉整个人肯定没问题。

张忆发现地上有不少鹅卵石，急忙捡起几个，对着缅甸蟒砸去。缅甸蟒很灵活，石头还没到，它就闪开了。尽管石头不断地砸，它仍“步步紧逼”。没办法，张忆只能转身奔跑。

他很快跑出了二十多米，但前面灌木丛生，并且山势陡峭，根本无法逃脱。虽然有一些比较高的树，但他也不敢爬，因为缅甸蟒也是会爬树的。怎么办？他就地捡起一根比较粗的木棒，转过身，缅甸蟒已经离他很近了。越是崎岖不平的路，缅甸蟒爬得就越快。张忆虽然无处可逃，但也没丧失抵抗能力。缅甸蟒不断尝试进攻，寻找着决胜的时机。张忆只能使劲挥舞木棒进行还击，他们在不大的一片空地

上周旋起来。

张忆发现，他很难击中缅甸蟒的头部和上半身，它的反应实在太快了。于是他又用石头猛砸蛇的下半身，居然打中了好几次。

张忆正有些喜悦，突然脚被绊了一下，他顿时失去平衡，一屁股坐在地上。这时，缅甸蟒一改刚才的犹豫不决，抬起身猛冲过来，张开大嘴咬向他的脑袋，这就是它最致命也是最拿手的一招！它的嘴里有四排锋利的牙齿，呈倒钩状，人一旦被咬住，极难挣脱，然后它会用身子很快地缠上来，越缠越紧，人很快就会窒息，彻底成为它的猎物。

张忆反应很快，他几乎不假思索，抡起木棒，使出全身的力气照着缅甸蟒的脑袋狠狠打去！

显然缅甸蟒认为这一扑志在必得，没有躲闪，被张忆结结实实地打了一棍子，倒向一旁。凭手感，张忆知道这是很重的一击。他翻滚出几米，又迅速站起来。他的右腿被河里的石头划破了，鲜血直流，剧痛不已。

他成功地避开了缅甸蟒的致命一击，却也意外受伤，行动大受影响，根本不可能再跳跃腾挪。这边，缅甸蟒渐渐缓过神来，又慢慢逼近，不时吐着信子，凶狠地瞪着他。

张忆一手捂住伤口，一手还要挥舞木棒抵挡。虽然缅甸蟒受到重创，但并不致命，在将猎物捕获之前，它是不会放松的。张忆却很难长时间坚持，他真怕自己会突然晕倒或再次跌倒……

正在绝望之际，他突然发现不远处又出现了一只很大的动物，他简直不敢相信自己的眼睛！它是从哪儿冒出来的？它的身子有一米多长，尾巴也有半米多长，毛是棕灰色的，很像一只大猫，也像豹子或小狮子，它的个头真的很大，估计有十几千克重。这是一只金猫，他很快认出来，老师讲过，他也看过彩图。

金猫当然也是一种食肉动物，十分凶猛。如果金猫向他发起进攻，凭他现在的处境，绝对难以应付，只能等死。他一面和缅甸蟒对峙着，一面提防着金猫，感觉随时会晕倒。

金猫在慢慢靠近……

张忆注意到，缅甸蟒也警觉起来，不再一味进攻他，形势变得微妙起来。正常情况下，缅甸蟒和金猫根本不可能跟一个人如此接近，可此时，三者就那么神奇地凑在了一起……

突然，金猫猛地咬向了缅甸蟒的尾部，它的牙十分锐利，一下子就咬出了一个大口子。蟒尾剧烈甩动，鲜血喷溅。张忆惊喜万分，谢天谢地，金猫的选择拯救了他！

缅甸蟒十分愤怒，立即转身去咬金猫。

张忆知道蛇是金猫的食物之一，毕竟对它来说，蛇肉很美味，但它们平时吃的是较小的蛇，攻击这么大的缅甸蟒，张忆还是头一次见到。生性谨慎的金猫突然出现并敢于进攻，一定是有原因的。金猫可能看出缅甸蟒比较疲惫并且已经受伤了吧，也可能它们本来就是死敌，它认为这是一个机会。

金猫并不畏惧，灵活地跳动着，躲闪着缅甸蟒的进攻。缅甸蟒确实已经很疲惫了，扑咬的速度不是太快。

张忆站在原地，没敢轻举妄动，生怕惊扰了金猫。突然，金猫闪电般咬向缅甸蟒的后脑，动作快得他根本没看清。那里是缅甸蟒最脆弱的部位，它咬住就不松口了。缅甸蟒拼命扭动身子，想去缠住金猫，金猫不断翻滚躲闪。

客观上，金猫的出现救了张忆，算是他的战友了，一旦金猫被缅甸蟒缠住，也是凶多吉少。张忆不想袖手旁观，急忙冲上去死死抓住缅甸蟒的尾巴，用尽全身的力气将其压在地上。缅甸蟒头尾都被控制，拼命扭动也无法摆脱，它的力气越来越小，终于慢慢瘫软。张忆也几乎没力气了，放开手，大口喘

着气。他又急忙去捂住伤口，好在血不怎么流了，但伤口仍然疼痛不已。

金猫咬死了缅甸蟒，估计这是它制伏过的最大的敌人了，它很快撕开蟒皮，吃起蛇肉来，看上去应该是很饿了。张忆没有打扰它，撤退要紧。金猫貌似已经吃饱了，正拖着缅甸蟒的大半截身子进入树

林，渐渐看不见了。张忆竭力笑了一下，冲它挥挥手："金猫，多亏你救了我，谢谢你！"

他强撑着，顺原路往回走了一二千米，身子发虚，几乎要晕倒了，幸亏遇到前来寻找他的驴友们，才算得救了。

在营地里，队长给张忆检查了伤势。幸好都是皮外伤，没伤到骨头。队长再三叮嘱他，以后进山要紧跟大部队。队长还告诉张忆，有些河水是从地下溶洞流出来的，里面可能潜伏着巨大的缅甸蟒，它们有时会到河里捕食。至于那只金猫，队长解释说，由于政府的宣传，现在很少有人去猎杀国家保护动物了，很多野生动物不是特别畏惧人，对人也没有敌意。

大自然的神奇经常超出人们的想象。张忆亲身经历的一切也许很难彻底解释清楚，但对大自然的好奇和敬畏却已经融入了他的身体和血液。

动物观察笔记

# 巨大无比的缅甸蟒

别名 | 南蛇、琴蛇、双带蚺

种属 | 爬虫纲蛇亚目蟒科

体长 | 约7米

体重 | 约90千克

分布区域 | 东南亚

◎出没地带

热带雨林

◎最喜欢的食物

哺乳类、鸟类和爬行动物

◎保护级别

国家一级保护动物

## ❶ 吉尼斯纪录保持者

根据《吉尼斯世界纪录大全》记载，最长的一条缅甸蟒为9.75米。而位于美国伊利诺伊州蛇类野生动物园中的一条缅甸蟒，是全球被饲养的蛇类中质量最重的纪录保持者，2005年，其质量达183千克。

## ❷ 蛋壳中的恐怖宝宝

缅甸蟒大多在早春时生育繁殖，雌蟒平均诞下12—36枚蛋，并以摩擦身体的方式为蛇蛋提供热能孵育下一代。幼蟒孵出后，会用乳齿将部分蛋壳撑破，并逗留在蛋壳内，静待表皮长好，然后便会出壳，自行猎食。

## ❸ 强悍的潜水能手

缅甸蟒通常把身体隐藏于矮树丛中，它们也是游泳能手，能在水中逗留半小时之久。当它们感觉自身安全受到威胁的时候，会变得具有一定的攻击性。

## ❹ 长尖牙的猎手

缅甸蟒跟一般蛇类一样，属于肉食性动物。在捕食猎物时，它们会先用尖锐的倒钩状牙齿咬住猎物，使其难以挣脱，然后用身子缠住猎物，越缠越紧，直至将其勒死。

# 第二章

## 峭壁对峙

扫码即可
声临其境

那年夏天，我在兰新铁路的柳园站下车，在当地一个朋友的接应下，经由敦煌市和阿克塞哈萨克族自治县进入了阿尔金山地区。阿尔金山山脉位于新疆的东南边缘，平均海拔高度3000—4000米。阿尔金山蒙古语意为“有柏树的山”，山脉最高峰苏拉木塔格峰海拔达6295米，次高的玉苏普阿勒克峰也有6062米。由于种种原因，目前还没被人类登顶过，所以仍是处女峰，比珠穆朗玛峰还要神秘。

那位热心的朋友把我送到公路的尽头，接下来我要自己徒步了。我带的装备比较齐全，装满了一个很大的绿色背包。朋友提醒我，现在野生动物很多，一定要注意安全，并说他愿意陪我，但我还是婉言谢绝了。这位朋友能接送我，并提供很多帮助，我已是感激不尽了，不想让他跟我一起冒险，耽误他过多时间。他的家就在阿克塞哈萨克族自治县，距离不算太远，如果需要帮助，我会给他打电话。

叮嘱一番后，他开车离去，我则徒步进入了阿尔金山深处的无人区，刚开始手机还有信号，随着离公路和人烟越来越远，就一点信号也没有了。阿尔金山的夏季非常短暂，但格外的美丽，大地是连绵不绝的绿色，洁白的雪山笼罩着缥缈的迷雾，河流、湖泊、沼泽也随处可见，生机盎然，宛若仙境。

我估摸了一下，想要翻越这座高峻的大山，去到西北面的沙漠地区难度太大，便决定就在靠近山峰的地方停留几天，观察一下野生动物，然后返回。毕竟探险不是冒险，在没有把握的情况下，不能冒进。我徒步走了两天，已经来到了真正的无人区，经常能看到各种野生动物，主要是各种飞禽和黄羊、旱獭等。

我在一座山峰下扎下帐篷，决定就在这里安营，白天可以在周围几千米范围内进行观测。我带了炊具和一些食品，可以做饭。附近有一条积雪融化后形成的小河能提供水源，水质良好，饮用没问题。同时，这条小河也吸引了不少野生动物前来喝水。

这天，我离开帐篷，躲在隐蔽处用望远镜观察，这里缺乏树木，但是有很多巨大的怪石可以藏身。观测野生动物需要极大的耐心和良好的心态，否则可能什么也看不到。

当然，运气的成分也很重要。由于我只身进入无人区，无伙伴，无后援，对动物的干扰几乎为零，所以，通常我的运气是比较好的。

几个小时后，我发现有一个棕色的影子从远方跑了过来，它的肚皮是白色的，体形比较大，肯定不是黄羊。我立即兴奋起来，经过仔细观察，终于看清了，那是一头蒙古野驴！当然，这并不是蒙古国的野驴，而是它的名字就叫这个，中国也有不少。它们耳长且尖，尾细长，颈背长着短短的鬃毛，身体背部中央有一条棕褐色的背线延伸到尾的基部，颈下、胸部、体侧、腹部都是黄白色的。我曾向一位科学家朋友详细了解过这种动物,对它非常熟悉,所以一眼就能认出来。

我用望远镜认真观察着,在大野驴的前面竟然还有一头小野驴,这就更难得了。它们应该是在逃跑,难道有谁在追它们?我很惊奇,急忙移动镜头仔细寻找,终于看见野驴后面分散着几个影子,相比较要小很多,还真有点不易发觉。

很巧,这种野生动物我也一眼就认出来了,那是几只藏狐!乍看外表,有点像狼或野狗,体形差不多,但是它们的毛色很有特点,背部和四肢是黄色的,比较鲜艳,身体中部是银灰色的,颜色比较深。这是一种主要分布在藏区的高原狐狸,它们的犬齿很长,是凶猛的食肉动物。

看得出来,应该是藏狐在追赶野驴。通常藏狐是不会攻击像野驴这样的大型猎物的,也许是因为这两头野驴跟驴群分开了,并且小野驴很小,狡猾的藏狐认为机会难得才决定下手。一群藏狐联合行动,很有威慑力,大野驴也只能带着小野驴仓皇逃跑。我判断了一下自己当前的形势,藏狐一般是不伤人的,我应该没事,可以继续观察,当然,也不能大意,要做好必要的防范,我身后就是陡坡,出现危险可以迅速爬上去,居高临下进行阻击。

从现有的情况判断,这两头野驴应该是一对母子。也许是小野驴体力不济，在驴群中掉了队，它的妈妈挺身而出，留下来保护它。当然这纯属猜测，实际是怎么回事无从知晓。但目前的情况是：两头野驴被藏狐群紧紧盯住，无法摆脱，渐渐地，它们跑到一座峭壁下面。如果只有母野驴，它应该可以逃脱，但是它必须照顾小野驴，让它跑在前面，还要保护它，防止它被藏狐扑咬，这需要相当高的技巧。藏狐有七只，母野驴分身乏术，能坚持到现在已经相当不容易了。野驴每胎只产一仔，所以母野驴对自己的孩子是十分珍视的。

两头野驴没得选择，被逼到了峭壁下。母野驴应该知道这是绝路，但也只能跑过来，因为小野驴已经筋疲力尽了，只能来这里避一下。藏狐群很快分散开，把两头野驴围住，但并没发动进攻，可能它们也十分疲惫了。论体形，母野驴几乎比藏狐大十倍，并且有很好的体力，蹄子乱踢起来，威力不可小觑，若打斗起来，藏狐是绝对占不到便宜的。

于是，两头野驴和七只藏狐就在峭壁下对峙起来，野驴无法突围，藏狐也不敢贸然进攻。

我远远地观看着，心里既紧张又担心。母野驴只身保护孩子，我很想帮它。可是，我也有些惧怕藏狐，毕竟不是一只，是一群呀。再说，这是自然选择，藏狐吃肉是正常的事，谈不上罪恶，平时它们吃的主要是鼠类和兔类，但有吃

大餐的机会谁又会拒绝呢？我还是当个旁观者吧。当然，从内心讲，我更希望野驴母子能脱险，但愿藏狐群会突然撤离……

突然，有一只藏狐向母野驴发起了进攻，大概通过半个小时的休息，它已经恢复了体力。母野驴并不畏惧，瞪着眼低头迎战。藏狐的个头跟庞大的野驴比还是太小了，它逼近挑衅了一下，就迅速后撤，母野驴追了几步也回去了。很快，又有几只藏狐如法炮制，轮番对母野驴进行挑衅。

母野驴应付着好几只狡猾的藏狐，有些眼花缭乱。藏狐越逼越近，母野驴有些被激怒了，低头猛追一只藏狐，速度很快，想把它咬死。另外两只藏狐立即从后面进攻，试图咬它的腿。母野驴并不理会，一心只想先咬死那只藏狐。

这一招是很正确的，可以一个个地解决敌人的有生力量。

但是，剩下的藏狐岂肯放过时机，一起扑向后面的小野驴。小野驴虽然个头不算太小，但在这些身经百战的“杀手”面前如同羔羊，毫无反抗能力。想跑，身后又是高高的峭壁，只能颤抖着发出惨叫。

母野驴听到叫声，只能放弃近在咫尺的那只藏狐，回身猛跑，去救自己的孩子。好在它奔跑的速度极快，瞬间就冲了回来。藏狐还没把小野驴放倒，其中一只还险些被母野驴的大嘴咬到，只能都跑开了。母野驴发怒了，把孩子藏在后面，奋力驱赶藏狐群，它的体力显然很充沛。因为现在是水草丰美的季节，食物很多，它吃得膘肥体壮。藏狐就算此刻不顾一切全力进攻，也未必能打败母野驴，因此藏狐虽然数量多、势力大，也只能再次放弃，退了回来。

我看着这一幕，真是紧张万分。虽然藏狐没得逞，但已经掌控了战场的主动权，一旦时机成熟，它们一定会再次进攻。母野驴可能没事，但小野驴恐难以逃脱。再过几个小时天就黑了，那时野驴的视力就会受到影响，藏狐却不会。悲惨的结局似乎难以避免，我十分伤感。另外，夜里我也可能会受到来自其他动物的威胁，比如凶猛的猞猁等。

正当我有些神不守舍时，突然发现野驴和藏狐都有些惊慌，一同朝远处张望。我很诧异，急忙用望远镜寻找。天哪！只见一个大家伙正沿山脚跑来，它将身子微微贴着地，显得十分诡秘。仔细看，竟然是一头成年的雪豹！雪豹是高原的食肉猫科动物，体形比较大，毛色也很独特，内行人一眼就能看出来。据说不少科学家进行野外观测都很难看到野生的雪豹，今天雪豹竟然真真切切地出现在了我的眼前！我顿时一阵狂喜。

但是很快我也感到了恐惧，这么大的雪豹足以杀死一个成年男子，我必须有所防备。这是野外无人区，什么不测都可能发生。我很珍视雪豹这种神奇的动物，但我也不想成为它的食物。我悄悄回身开始往坡上爬，爬到一定高度我停下来，尽量隐藏住身体，继续观察。

幸亏，雪豹的目标并不是我，它是冲着野驴和藏狐群来的。同时看见野驴、藏狐、雪豹这三种动物，我这辈子也许就仅此一次了。恐惧中夹杂着极大的兴奋，我的身体禁不住有些颤抖。

我很快意识到，这对于野驴母子是个极为不利的局面，因为雪豹是纯肉食动物，目标很可能就是两头野驴。母野驴应付几只藏狐已有些勉强，再来这么一个强大的敌人，它显然是无法招架的。野驴母子很可能会被雪豹和藏狐分食。当然，母野驴如果早点放弃小野驴，还是有可能逃脱的，但小野驴被吞吃几乎是必然了。大自然即将上演最残酷的一幕……

很快，雪豹就冲到了近前。藏狐是聪明的，它们知趣地退出了一点距离，似乎是主动把猎物让给了雪豹。雪豹在离母野驴十几米外停下，仔细打量起来。母野驴并没被吓到，它微微低着头，也盯着雪豹，准备决一死战。跟雪豹比，母野驴的块头仍然占有很大的优势，母野驴至少有300千克，雪豹也就50千克左右。雪豹如果猛烈进攻，必将遭到强有力的抵抗，母野驴的蹄子可是相当厉害的，雪豹想一举获胜难度很大。

当然，雪豹也可以赌一把，全力进攻，殊死搏斗，或许也能取胜，但自己肯定也会受伤，甚至是重伤。如果没有藏狐，它可以先休息再慢慢吃肉，但现在有一群藏狐在虎视眈眈，它们肯定会趁机抢夺食物，甚至毫不客气地把雪豹也给分尸吞吃了。

雪豹极其谨慎且聪明，它起初是冲着野驴来的，但看明白了当前局势后很快改变了主意。当然，母野驴那大无畏的气势也起了决定性作用，它准备为了保护自己的孩子拼死一搏。

藏狐群期待的结果并没有发生，雪豹跟母野驴对峙了一阵，就退开了。眼前这一幕，真令人大开眼界，动物的世界可比人想象的要复杂呀，同时我也感到欣喜，因为野驴母子可能还有存活的希望。

我躲在山坡上的几块突兀的石头后面，虽然十分吃力，同时冒着极大的风险，但感觉很值得。我下定决心，一定要看到结局。幸亏风一直向着我吹，那些动物们也并没察觉到我。

雪豹也许是从很远的地方跑来的，有些累了，竟然躺在地上睡了起来。我有些哑然失笑，它可真是有实力就有自信呀。

一只不大的藏狐觉得好奇，也可能是有些气愤，慢慢走近雪豹。雪豹毫不理会，继续睡觉。藏狐越靠越近，最后竟开始用鼻子嗅雪豹，好像在试探它是不是死了。

一直昏睡的雪豹突然惊醒，张开大嘴扑向那只藏狐。藏狐惊嚎一声，转身逃窜，但已经来不及了。雪豹以动作灵敏著称，速度快得惊人，大爪子一下子抓住那只藏狐，大嘴咬了上去。顷刻间，那只藏狐就挣扎着倒在了地上。可见雪豹饿极了，下手很重。

我看得目瞪口呆，这也太突然了。雪豹这是闹的哪出，我一时没反应过来。

其余的藏狐也看傻了，过了十几秒才反应过来。雪豹已经在撕扯着吃肉了。那群藏狐怪嚎着一起冲向雪豹，由于愤怒，藏狐背上的毛似乎都立了起来，嘴唇皱起，尖牙露

出，一场大战瞬间爆发！雪豹叼着一块肉在吞咽着，同时挥舞着大爪子一阵猛拍。它的爪尖十分锋利，有一只藏狐被打中，立刻发出怪叫。雪豹使出浑身解数，身子腾挪跳跃，忽左忽右，忽前忽后，一边扑咬着藏狐，同时还要当心不让自己被咬中。它的弹跳力和爆发力实在太强了！我看得眼花缭乱，惊骇不已。当然，藏狐也挺厉害的，它们身子也很灵活，跳得也挺高，一般的动物还真不是它们的对手。

突然，母野驴也猛地冲了过去，低头对着那群藏狐的屁股一阵乱踢乱咬。藏狐的注意力全在前面的强敌身上，根本没有防备身后，母野驴的势头又特别猛，顿时有两只藏狐被踢飞，重重地摔在了地上。这下场面更加混乱而热闹，看得我热血沸腾，同时不得不为母野驴的果断出击点赞。它一定恨死了这些藏狐，岂能放过机会？

战场形势已经十分明朗了，藏狐群腹背受敌，再打下去只能全军覆没。很快，它们仓皇逃窜，有一个伤重的又被雪豹打倒了摁在地上。只有四只藏狐保住了性命，留下了三个同伴的尸体。

雪豹捕获了三只藏狐，足够吃几天了，它心满意足地把尸体拖到一旁开始吃起来。它也不会再打野驴的主意了。

据说雪豹有一个很大的优点，就是不会像有些动物那么贪婪，看来果真如此。

野驴母子脱离了危险，也很快向藏狐群离去的相反方向跑走了。目送着它们的身影，我对母野驴充满了由衷的敬佩。希望它们能早些回到野驴群中去，即使回不去，我也祝愿它们能在阿尔金山好好地生存下去。

一切以不可思议的方式结束了，我大口大口地喘着气，真是太紧张、太刺激了！但是对于我，危险并没有过去，因为我还在山坡上"挂"着呢。一个姿势待久了，我一时无法动弹。雪豹迅速吃了一些肉，放慢了节奏，无意一抬头，正好与我目光相对。我大惊失色，这下彻底暴露了！它会不会对我下手？时间仿佛凝固了，如果它冲过来，我是基本没有反抗能力的。

但是，雪豹没有过来，也许是它已经吃饱了，也许是它真的不那么贪婪。它注视了我几秒钟后，就叼着一大块肉转身走了。

我浑身冷汗直冒，看它走远，也急忙下了山，迅速朝宿营地走去，害怕会有什么不测。一路上我都在想，雪豹真是聪明的动物，懂得与人保持距离，真是太难得了。

忐忑不安地过了一夜，第二天我就收拾行装，踏上了回去的路。这里的野生动物活动太频繁，很可能还会有更大的猛兽出现，我继续留下来是有危险的。同时，作为旁观者，我窥见了大自然神奇隐秘的一面，已经很知足了，人也不能太贪心呀。阿尔金山如此美丽，应该是属于这些动物们的，这是它们自由生存的天地，人类本就不应该过多地打扰它们。

动物观察笔记

# 会挖井的蒙古野驴

别名 | 亚洲野驴、野驴、骞驴

种属 | 哺乳纲奇蹄目马科

体长 | 约2.6米

体重 | 约250千克

分布区域 | 中国的内蒙古、甘肃等地

◎**出没地带**

高原亚寒带

◎**最喜欢的食物**

茅草、苔草和蒿类

◎**保护级别**

国家一级保护动物

## ❶ 自律的野驴

蒙古野驴平时活动很有规律，清晨到水源处饮水，白天在草场上采食、休息，傍晚回到山地深处过夜，每天要游荡好几十千米。它们经常沿着固定路线行走，在草地上留下特有的“驴径”。驴径宽约20厘米，纵横交错地伸向各处。

## ❷ 会挖井的野驴

蒙古野驴是典型的荒漠动物。聪明的蒙古野驴在干旱缺水的时候，会在河湾处选择地下水位高的地方挖井。它们用蹄子在沙滩上刨出深半米左右的大水坑，当地牧民称为“驴井”。

## ❸ “好奇害死驴”

蒙古野驴的好奇心很重，常常会追随猎人前后张望，大胆者还会跑到人居住的帐篷附近窥探。这也给偷猎者可乘之机，导致大量蒙古野驴遭到捕杀。

## ❹ 聪明机警的哨驴

蒙古野驴有集群活动的习性，雌驴、雄驴和幼驴终年生活在一起，四处游荡。每个蒙古野驴群里都会有一只哨驴，它警惕性极高，并忠于职守。当人距离它五六百米时，它就开始慢慢向人跑去，人走它跑，跑跑停停，始终与人保持五六百米的距离。其实，它是在引诱人朝着驴群的相反方向行走，以确保驴群的安全。

# 第三章

## 生死传奇

几年前，我去大别山旅行考察，那里有丰富多彩的森林景观。杉木、马尾松、栓皮栎、青冈栎、枫香、黄檀等树木都长得高大挺拔，生机盎然。山坡上，黄山松迎风而立，树干弯曲，优美异常。当时正是中秋时节，松竹沉黛，枫叶如火，硕果缀枝，百草含香，令人沉醉。当然，我此行的观测目标是各种野生动物，据说这里动物很多，有野猪、豹、灵猫、狐狸、松鼠、穿山甲、獐、狼等。我背着装备齐全的背包，向人迹罕至的深山踱步前行。

我的原则是不携带攻击性武器，融入大自然观察动物。我觉得如今大型猛兽不会很多，而且它们大都怕人，被它们伤害的可能性很小。事实上，虽然遭遇了很多次险情，但我基本还是毫发无损的。

我爬上了一座山的顶峰，擦了擦汗，喘着气，四下观望，

发现这里的风景真是太美了。一座座山峰连绵不绝，微甜的风迎面吹拂，十分惬意。这里海拔比较高，植物以灌木为主，黄绿相间。

突然，我看到对面山坡上有一对黑影闪现，且移动迅速。仔细看，原来是黑麂！我非常激动。黑麂数量不多，在我国分布也不广，是国家一级保护动物，它们属于鹿科麂属，警惕性特别高，善于奔跑和跳跃，一般的食肉动物很难捕捉到它们。它们的毛显暗褐色，体重有十几千克，尾巴是

白色的，十分醒目。它们还有一个特点是雌雄一对在一起活动。这两只可能就是一对黑麂伴侣。

黑麂在乱石和灌木间跑得实在太快了，因为有一只猛兽在追击。我看清了，追黑麂的是一只恶狼！由于食物的减少，现在成群的狼很少了，大都单独或几只一起活动。这只狼能单独生存下来，本领一定很高。它奔跑的速度极快，在黑麂后面紧追不舍，看得我胆战心惊，生怕恶狼一个猛扑就把黑麂扑倒！黑麂一旦被追上就必死无疑，所以它们在拼了命地奔跑。看到双方的距离有所拉大,我稍稍松了口气。

两只黑麂一直在一起跑,并没分开,如此大敌当前,依然不离不弃,令我万分感动。

恶狼没有放弃,对它来说,新鲜的黑麂肉十分鲜嫩可口,是极大的诱惑。只要恶狼一直不停地追,黑麂处于极大的压力之下就有可能失误,比如被石头、草

木绊倒或扭伤，那样，恶狼就能扑上去，享受美食了。

可以看出，恶狼对这一带很熟悉，两只黑麂无法摆脱，只能往山上跑。黑麂跑着跑着，眼前出现了一条深沟，宽约二十米，我在山顶换了个角度观察，但还是看不见沟底，估计很深。黑麂虽善于跳跃，但也不可能一下跳二十米远吧。

也许是恶狼太狡猾，也许是黑麂过于紧张，慌不择路，才到了这里。前面无路可走，往两边跑，范围也极其有限，一样无法逃脱。最要命的是，恶狼一直逼得很紧，相距就三十米左右，黑麂根本没有思考的时间。

恶狼见猎物停下来，十分高兴，狂奔过来，准备大开杀戒。

大自然是美丽的，但也是残酷的。狼是肉食动物，物竞天择。可怜的黑麂！我长叹一声。

只见一只黑麂突然纵身跳下了深

沟，另一只紧跟着也跳了下去！恶狼已经跑到了它们身后，甚至要腾空跃起，准备扑杀了，但是猎物消失了……

如果我没猜错的话，那对黑鹿是殉情而死了。宁肯跳下深沟死在一起，也不愿被恶狼捉住吃掉，真是刚烈呀！

恶狼趴在沟边看了看，显得特别失望。我猜测，沟肯定很深，跳下去很难存活。所以，恶狼是不可能跳下去的。恶狼在沟边龇牙咧嘴徘徊了一阵，便转身离开了。猛兽也不是每次出击都能捕猎成功的，它们也习惯了，只要自己活着，就还有机会。

我觉得那对黑鹿肯定死了，但是目光一直无法离开那道深沟。我很疲惫并且哀伤，心里混杂着各种滋味。

突然，我看到一个带角的头颅从沟底慢慢升起来，我以为自己眼睛花了，或者出现了幻觉。我急忙揉了揉眼睛，定睛细看，竟然是一只黑鹿，它有些吃力但还算从容地从沟底爬上来，当然爬的是沟的另一侧。看外形就是刚才那对的其中一只，是雄的那只，它竟然没有死，真是奇迹！我完全惊呆了。

刚才到底发生了什么，我无法看到，也不想去虚构一些情节。但事实是，它跳下深沟，居然活了下来。

当我看到又一只黑鹿也慢慢爬上沟坡时，大脑一片空白，语言已无法形容我的心情。两只黑鹿居然都没死！

那对黑麂成功逃生，真是太好了！大自然是如此奇妙，我兴奋得大叫起来。今天真是最激动的一天。

我打开背包，高兴地喝起水、吃起东西来。

黑麂爬陡坡的能力很强，估计那沟壁不是完全光滑的，有很多突起，它们的蹄子踩在上面，身子就能灵活地移动。

终于，它们先后爬出了深沟，然后一起跑进树林。它们依然是惊魂未定的样子。恶狼不可能追到它们了，但愿它们运气好些，别再遇上其他的天敌。

我吃了东西，休息了一会儿，准备下山。上山时体力消耗很大，下山时就更显乏力，如果天黑了，走夜路就太可怕了。在离开这个峰顶前，我最后一次遥望远方，又一次几乎惊叫起来——我竟然又看到了那对黑麂的身影，因为已经比较熟悉，几乎可以确定就是它们。这次距离更远，只见它们正在越过一片滑坡形成的乱石，准备爬上最高的那座山的峰顶。那里一侧是几百米的悬崖，十分险峻。估计那是它们栖身的地方，一般的动物上不去。

我只能说，我跟这一对黑麂太有缘了。这会儿它们应该是要到家了，今天也算是安全度过了。我兴奋地朝它们挥挥手说："小两口，我走啦，后会有期！"

我正准备迈步往下走，但是一个诡异的身影促使我停了下来，好像是一个人的影子，距离黑麂所在的位置不远。

这地方遇见人的概率太小了，我十分好奇。

也许是护林员或者野生动物保护人员，我想，如果真是他们，那可真够敬业的。那人的身手相当了得，他所在的位置一般人绝对爬不上去，关键是他还没被机警的黑鹿发觉，真是经验丰富，令人佩服。

那对黑鹿终于到了峰顶地带，并且越过一排巨石，感觉终于安全了，竟然都倒在地上睡了起来。它们实在是太累了，今天经历了太多，好好休息吧，一般的天敌无法到达这里。

那个黑影也悄悄尾随着接近了峰顶，并且也爬上了巨石。直到这时，这对黑鹿才发现他，立即跳了起来，显得紧张万分。这也难怪，如此高海拔、险峻异常且隐秘的地方，怎么会有人来呢？

那个人想干什么？我急忙拿出望远镜观察，他貌似很开心的样子，不再刻意隐蔽，竟然哈哈大笑起来，身子在激动地颤抖。我有一种不祥的预感——这个人好像来者不善！

他从腰间抽出了一把斧头，我的预感被证实了，这八成是个盗猎者。他不像第一次作案，应该是老手了。如果直接追黑鹿，那是累死也追不上的，人毕竟不能飞檐走壁，也没有翅膀。但是他很狡猾，黑鹿被猛兽追击时他就悄悄跟

踪，趁黑鹿疲惫再下手……今天应该就是这样的情况。他一路鬼鬼祟祟地跟踪，竟然跟到了黑鹿的家里。

那对黑鹿想逃跑，但往前就是悬崖峭壁，万丈深渊，跳下去必死无疑。那个盗猎者已经跳下巨石，挡住了它们的去路。

盗猎者手握斧头，慢慢逼过去，他没有枪，准备用冷兵器来一场战斗。如果面对食肉的猛兽，他未必敢这样，因为猛兽真被逼急了就会跟他拼命，他未必是对手，但是面对两只食草动物，他显得很自信，一副胜券在握的样子。如果没有那排巨石阻挡，黑鹿还有可能强行逃走，但由于巨石，它们必然要停顿，盗猎者就会趁机下手。它们非常累了，也许还有伤，不可能直接越过巨石。没想到，如此隐秘安全的地方，却成了它们的牢笼。

盗猎者越发得意，不停地在说着什么，也许是在让黑鹿直接投降，任他宰割吧。

那对黑鹿紧张地颤抖着，已经退到了悬崖的边缘。盗猎者似乎也怕它们掉下去或摔下去，于是便停了下来。我不可能跑过去帮助两只黑鹿，但我的嘴没有闲着，我拉长声音大声喊叫起来，声音在山里传得很远。

盗猎者的视力和听力都很好，很快听见了我的声音，他有些疑惑地转身张望，应该是发现我了，但看我距离这么远,也就没有紧张。

突然,一只黑麂猛地向前冲去,对着盗猎者的方向!

盗猎者完全没有料到,刚才回头看我又分了神,竟然没能做出反应。黑麂的速度很快,距离又很近,瞬间就猛地顶到了他的肚子上。他本能地做出还击,斧头狠狠地砍在黑麂的身上,深深嵌进了肉里。他也疼得发出了惨叫。的确,那一下顶得太重了,野生雄黑麂的力量是很大的,他肯定受了内伤,倒在地上不断抽搐翻滚。那只受伤的黑麂也倒下了。

另外一只黑麂加速助跑,奋力爬上巨石,逃下山去。

盗猎者本来以为这对黑麂是他的囊中之物,万万没想到竟是这样的结局。

雄黑麂面对强敌,做了最勇敢的一搏,虽然自己性命不保,却成功掩护伴侣脱险,这已经是相当不容易的结果。

我在远处看着这一切,被深深震撼了。致敬那只勇敢的雄黑麂,你真是好样的!我能有幸目睹这一切,内心久久不能平静……

动物观察笔记

# 出双入对的黑麂

别名 | 乌金麂、蓬头麂

种属 | 哺乳纲偶蹄目鹿科

体长 | 100—110厘米

体重 | 21—26千克

分布区域 | 中国的福建、浙江、江西、安徽等

◎出没地带

山地常绿阔叶林及常绿、落叶阔叶混交林和灌木丛

◎最喜欢的食物

草本植物的叶和嫩枝

◎保护级别

国家一级保护动物

## ❶ “蓬头麂”的由来

黑麂背部呈黑褐色，尾腹及尾侧毛色纯白，白尾十分醒目。它眼后的额颈部有鲜棕、浅褐或淡黄色的簇状长毛，有时能把两只短角遮得看不出来，“蓬头麂”之名由此而来。

## ❷ 谨小慎微的小黑影

黑麂生性胆小谨慎，大多在早晨和黄昏活动。白天常在大树根下或在石洞中休息，稍有响动，立刻跑入灌木丛中隐藏起来。它在陡峭的山地间活动时有较为固定的路线，但在平缓处则没有固定的路线。

## ❸ 成双成对的伴侣

雄雌黑麂一般成对在一起，它们的活动比较隐蔽，有领域性，它们还具有惊人的游泳本领。

## ❹ 春夏秋冬的流浪

黑麂有游走觅食的习性。早春常在茅草丛中寻找嫩草；夏季生活于地势较高的林间，常在阴坡或水源附近活动，偶尔也到高山草甸；冬季则因积雪被迫向下迁移，迁到山坡下的农田附近，大都在阳坡活动。

# 第四章

## 大漠神驼

扫码即可
声临其境

那年9月，我争取到北京某公司的赞助，只身穿越巴丹吉林沙漠，之后举办了一次专题摄影展，用丰富而直观的图片来激发国人的环保意识。巴丹吉林沙漠位于我国内蒙古自治区阿拉善右旗北部，北纬39°30′—42°，东经98°30′—104°，面积4.43万平方千米，是我国第三大沙漠。

9日，我在有关人员的陪同下抵达了内蒙古自治区的阿拉善右旗。我们置办了一些物品，并在附近牧民家购买了一匹骆驼。骆驼扬起头，显得非常高大，我伸直胳膊只能摸到它的脊背，想骑上去还真不太容易。驼主吆喝了一声，那骆驼立即前腿跪下。我战战兢兢地骑上去，坐在骆驼鞍上，用手和脚进行指挥，感觉还不错，相当自如，不到一个小时，我就能稳稳地骑着它疾走了。驼主又把许多注意事项向我做了介绍,并告诉我这头骆驼名叫布鲁格,极通人性,它已走了上万千米,从未出过事。

15日,布鲁格驮着我和所有的装备出发了,目的地是250千米之外的额济纳旗。中间将由南向北纵穿整个巴丹吉林沙漠,然后与接应的人一起回到甘肃酒泉,结束此次探险。

起先的一个星期,主要行进在沙漠与草原的混合带。沿途目睹了已经沦为半沙漠的农田、牧场和村舍,我心痛不已,一种强烈的使命感促使我不停地拍摄以记录下这一境况。布鲁格果然十分温顺,一切以我的号令为准。听说一头健壮的公驼能负载300千克货物长途跋涉,而布鲁格最多只驮了200千克,还未到极限。这段旅途对于它应当是轻松而愉快的。

23日,我和布鲁格进入了巴丹吉林沙漠的腹地。一座接一座高大的沙丘连成链状,纵横交错。沙子流动性很强,根本爬不上去,只能绕行,走S形路线。布鲁格的蹄子分成两瓣,下面的肉垫宽大而厚实,走在松散的沙子上如履硬地,真不简单。没有其他同伴,我很自然地把布鲁格当成了风雨同舟的朋友。

虽然尽量节约,但能盛120千克水的铝制水箱还是干了,我计划到玛尼查干通格补充水。地图和一些资料表明,那是一个孤立于浩瀚沙海中的小村落，地势较低，有一眼宝贵的甜水井，一千年来不曾干过。不少驼队宁肯多走100千米也要去那里取水。如果喝足水，布鲁格可以一个星期不用喝水。现在它的驼峰已不再坚挺，我的嗓子眼也早冒烟了，我们必须尽快赶到玛尼查干通格。

布鲁格悟性很强，迈开大步向前疾行，我手握经纬仪，不停地调整方向。两天后，我们终于看到了玛尼查干通格，甜水井万岁！布鲁格很熟悉路线，狂奔而去……

可一进村，我立刻傻眼了。村里空空如也，没有一个人，走到井台边一看，下面已不见一滴水。(由于这一地区地下水位不可逆转地持续走低，就在半个月前，水井终于第一次干了，而且是永远地干了，全村上百口人已经悉数迁到了沙漠外。)人类又丧失了一块可以与沙漠抗争的阵地！而我们毫无防备，成了最直接的牺牲品……

我真是欲哭无泪。在沙漠中，没有比断水更恐怖的事了。一个人可以十天不吃饭，可三天不喝水必死无疑啊！最近的水源离我们估计也有100千米，我拿出无线对讲机声嘶力竭地呼叫救援，但距离太远，谁也听不见。

没办法，只能全力往沙漠外赶了。又熬了一天，我已渴得天旋地转，此刻任何金银财宝都比不上一碗水！

听说人渴极了可以喝自己的尿，我试了试，实在无法下咽。平时的尿也许还能凑合，可此时我的尿已高度浓缩，颜色暗黄，气味刺鼻。等我终于下定决心拼死一喝时，我已尿不出一滴尿了！

俗话说：良心丧于困地。求生的本能使我突生恶念：何不把布鲁格杀了呢，喝它的血，血总比尿强吧。我取出小口径步枪，几次对准了布鲁格，可我实在下不去手啊！十天来，布鲁格任劳任怨，从没跟我闹过别扭，它是多么忠诚，杀了它等于杀了自己的好朋友，那我还算是人吗？

唉，听天由命吧，再说，喝了布鲁格的血，也未必真能解渴。正是由于我的良知，才有了后面荡气回肠的故事，如果

我杀了布鲁格，我恐怕也早就命赴黄泉了……

我们继续赶路。为了减轻布鲁格的负担，我把多余的东西都扔了，包括那支沉甸甸的枪。

那天上午10点多,迷迷糊糊的我觉得布鲁格的脚步明显加快,不禁为之一振,莫非前面有水源?可往前看,并没有任何潮湿的迹象。我打了一个激灵,向后望去,十几条西北野狼正穷凶极恶地追过来!它们面目狰狞,气焰嚣张,个个骨瘦如柴,毫无疑问也是多日没喝到一口水、吃到一口肉了。相距不过七八十米,如果被它们追上,结果可想而知,毕竟我根本不是它们的对手。

沙漠中的西北野狼以凶悍残忍著称,历史上曾有几十、上百人的驼队被它们尽数咬死,吃光,抛骨大漠。它们已完全适应了沙漠恶劣的自然环境,耐力极强。

三十六计走为上。布鲁格全力狂奔起来,与野狼展开了长跑比赛。大漠上腾起一道冲天的烟尘!

布鲁格果然是好样的,七八千米跑下来,已将群狼甩出了二百多米。我偷眼往后看,只见一条狼支撑不住,猝然栽倒,其余的狼急不可待地扑上去,几下把它卸开,大口大口地吞吃起来。它们垫了垫肚子,不再前胸贴后背,那速度可就明显快起来了。

当时干渴至极的我能感到生命之泉正在迅速地蒸发,像气体一样无声无息地飘散,剧烈的颠簸更使我屁股疼痛难忍,神情恍惚……而布鲁格的干渴程度绝不亚于我,它的肚皮和驼峰已十分干瘪,它在多日没有任何补给的情况下仍全力狂奔，挑战自身的极限。

不断有狼倒下，被同类分食……这场惊天动地的大追逐持续了整整一下午，最后，只剩下三条大狼还跟在后面。想把它们也全累垮可绝非易事，它们几个无疑是体格最好的，而且吃的肉最多，喝的血最多。它们的面目已无法用凶残、恶毒等词汇形容，它们的眼珠发着红光，已经完全发疯了！

布鲁格实在太累了，它突然前腿抽筋，一下子跪了下去，我当即被甩出几米远，结结实实地摔了个“嘴啃沙”，幸好沙子很软，才没被摔晕。三条狼已追到屁股后面，看来这回是真的凶多吉少。

我刚爬起来，两条狼已从两侧一齐向布鲁格猛扑上去。它们恨透了布鲁格，因为它的四条大长腿太能跑了，不咬死它怎能解恨？

布鲁格前腿的肌肉很可能已拉断了，根本无法站起来。一条恶狼怪啸着直取它的咽喉，孰料布鲁格甩动柔韧而粗糙的长脖颈，猛地向它当头撞过去，那狼猝不及防，被撞得向后滚出一溜跟头，在地上抽搐不已。

另一条狼惊恐地避开，转而咬向布鲁格的下腹部，这回即便布鲁格的脖子再长也无济于事了，那狼只要扑上去狠狠来上一大口，扯出肠子，那布鲁格就真没救了。就在它即将得手的瞬间，布鲁格的右后腿陡然弹出，正中它的脑壳。那狼头骨破裂，鲜血四射，咽了气。

这时，一直在不远处观阵的最后一条狼气势汹汹地向我冲刺而来！它很聪明，看出布鲁格不好惹，所以就想先把我收拾了。我不禁恼羞成怒，大步向它迎头冲去。布鲁格给了我勇气和力量，我豁出去了！

它跳起身，我正扑上去，我俩紧

紧地扭抱在一起，我伸出双手卡住了它的咽喉，同时用手臂顶住它的两只前爪。我们在地上翻滚着，沙尘乱飞。这条狼始终没展现出什么足以毁灭我的强大威力，以至我怀疑它另有什么阴谋。不一会儿，我发觉它已经精疲力竭，战斗力比起一直养精蓄锐的我差远了，想来刚才那凶悍的架势完全是为了唬我。

我信心倍增，把它骑在身下，掐得它直翻白眼陷入昏厥。但我这时才发现倒在血泊中伤痕累累的布鲁格。

“布鲁格，布鲁格！”我嘶哑地大叫着，布鲁格却没有任何反应。

我最忠诚、最坚强、最勇敢的朋友布鲁格已停止了呼吸。我抱着布鲁格的头，痛不欲生……

布鲁格舍生忘死，已把我带到了巴丹吉林沙漠边缘，距此1000米远便有一个小村庄。我终于又恢复了活力。

几天后，我请人在原地埋葬了布鲁格，并用枯胡杨和石头砌了个小坟。我打算每年的9月27日都要去一趟那里，洒几桶矿泉水在布鲁格的坟上。如果可以，我真想引来一条汹涌的河流把整个沙漠都变成绿洲，也许只有那样，布鲁格在地下才能安息！

动物观察笔记

# 不吃不喝也能走半个月的骆驼

种属 | 哺乳纲偶蹄目骆驼科

种类 | 双峰驼和单峰驼

体长 | 约3米

体重 | 450—680千克

分布区域 | 中亚、蒙古和中国西北地区等

◎出没地带

沙漠

◎最喜欢的食物

粗草及灌木

## ❶ 不惧风沙的装备

骆驼的耳朵里有毛，能阻挡风沙进入；骆驼有双重眼睑和浓密的长睫毛，可防止风沙进入眼睛；骆驼的鼻子还能自由关闭。这些特殊的身体“装备”使骆驼不惧风沙。

## ❷ 驼峰的秘密

经解剖证实，骆驼的驼峰中贮存的是沉积脂肪，起不到固态水贮存器的作用，而是一个巨大的能量贮存库，骆驼靠它能够连续几天不进食。

## ❸ 骆驼的“贮水瓶”

驼峰不是水袋，那骆驼是如何贮水的呢？骆驼的胃有三室，第一胃室有二三十个瓶子形状的小泡泡。这些“瓶子”里的水，能使骆驼即使半个月不喝水也不会有生命危险。

## ❹ 特殊的鼻子

骆驼的鼻内有很多极细而曲折的管道，当体内缺水时，管道表面会结出一层硬皮。这层硬皮能吸收呼出的水分，使水分不致散失体外；吸气时，硬皮内的水分又可被送回体内。水分在体内反复循环，所以骆驼非常耐渴。

# 第五章

## 聪明反被聪明误

扫码即可
声临其境

在各地的旅行考察中，我专注搜集一切与野生动物有关的资料和故事，不可避免地，也接触了不少猎人。他们猎捕野生动物当然是违法的，而被他们捕捉的动物有时候会用意想不到的方式惩罚他们。下面就是这样两个故事。

十几年前，湖北神农架林区木鱼坪有个叫郭洪的年轻人，初中毕业，脑瓜很灵，却不好好种地，迷上了打猎。当地地广人稀，经常有野兽出没，虽说没有什么大的，但狗獾、穿山甲之类的相当多。郭洪打的主要是狗獾，为此，郭洪成天往山沟里钻。父母骂他不务正业，警告他杀生是会遭报应的，可他不以为然。

狗獾长得很像狐狸，尖嘴，两颊有长毛，却比狐狸胖得多。它能爬树，会游泳，昼伏夜出，生性机警，一般人连它的影子也见不着。狗獾四爪尖利，极擅打洞，它的洞只有一个出口，但都比较深，起码三五米，有的甚至可达几十米。它们大部分时间猫在洞里，人要想抓到它们只能选择进洞。一般来说，洞口附近较窄，越往里越宽，只要把洞口挖开，人就可以手握钢叉爬进去捉了。狗獾还是怕人的，人一旦进洞，它们就很容易被捉住。郭洪比较瘦小，很适合钻洞，因此，狗獾很容易被他捉住。后来，狗獾越来越少了，有时三两天也碰不上一只。

一天，正当郭洪失望之时，发现了一个很奇怪的狗獾洞，极其隐蔽。根据他的经验，年岁越大的狗獾，其洞越不易被发觉，也越深，估计这只狗獾活了不下十年。郭洪兴奋不已。

他没留下任何痕迹，回了家。第二天，他带足工具再次来到狗獾洞旁。他把四周的草木都扒拉开，露出了洞口。郭洪断定狗獾肯定在里面，要知道它造一个洞相当费劲，不会轻易搬家的。于是他挥动铁锹开始挖洞，一直挖了四五米，洞才大起来。他试着往里钻，可是钻了几米洞又小得钻不进了，还得接着往里挖。这狗獾好狡猾，从没见过这么复杂的洞。折腾了两个小时，总算接近主洞了，也就是狗獾的“卧室”。洞

造得这么绝，可见老狗獾绝不简单，肯定又狡猾又凶猛，不能掉以轻心。郭洪捡来一堆干树枝，点起火，又把精心准备的干辣椒和几种草药倒上，然后用扇子往洞里扇，这种烟雾会把狗獾熏个半死。

烟雾熏了半小时后，估摸着差不多了，郭洪堵住口鼻，手持钢叉往里爬。没想到洞仍很深，还需要过一段极窄的通道。拐过一个弯后，眼前豁然开朗，他居然可以半站起来——好大的洞。打着手电筒一照，只见前面赫然趴着一只狗獾，个头贼大，毛色油亮，嘴巴扎进松土里，估计已经熏晕了。成功了！郭洪想活捉它，就放下钢叉，伸手去拽它。

突然，意想不到的事情发生了：只听狗獾怪叫一声，张着大嘴，恶狠狠地朝他的裆部咬来。它的眼睛在黑暗中放着绿光，凶相毕露。郭洪大骇，急忙躲闪，但仍被咬到了小腿肚子，疼得他一声惨叫。情急之下，他猛地一脚把狗獾踢到一旁，却忘了自己身在何处，脑袋在洞壁上撞了一下，顿时头昏眼花，栽倒在地。郭洪意识到今天遇到强敌了，拼命护住面部，拔出身上的匕首猛烈还击。狗獾冲过来对他又抓又咬，它的爪子极其尖利，把郭洪挠得遍体鳞伤。

漆黑中，郭洪乱捅一气，却突然找不到目标了。摸到手电筒仔细瞅，狗獾已经钻到洞外去了。他在洞里检查了一下，没发现小狗獾，也急忙往外钻，可刚拐弯，就觉得有土往脸上打，原来是狗獾在洞外往里挠土。它可是挖洞的天才，四爪并用，比机器都快，只见土呼呼往下掉。

郭洪吓得半死，这只狗獾想干什么？他拼命往外爬，由于最窄的地方已经有了不少土，他怎么也钻不过去，急得快疯了。土仍往郭洪脸上砸，弄得他喘不过气来，没办法，只得退回来。往外看，洞口越来越小，天哪，他出不去了！狗獾没抓着，倒把自己困在洞里了。

又过了片刻，洞口彻底消失了，郭洪如同置身于坟墓中。他被活埋了！

洞里的空气是有限的，必须尽早出去，否则必将窒息而死。郭洪卸下钢叉，拼命挖洞，但是洞道已经被完全堵死了。只要挖时稍一用力，就会有新的土落到洞道上，要想出去只能把整个洞道都拓宽。周围的土又结实得很，郭洪只能慢慢而轻轻地抠，累得半死，才挖了半米多。

照这速度，想挖出去已经没可能，空气很快就会耗尽。郭洪怎么也想不到，自己捉了那么多狗獾，最后竟会死在獾洞里。听说活活憋死的滋味可不好受，报应，报应！悔不该没听父母的话，落得如此下场。

死也得死个明白，那只狗獾明明被他熏晕了，怎么又没事了呢？他仔细一琢磨，对了，它的嘴巴和鼻子一直埋在土里，这样能起到过滤作用，所以烟雾对它毫无作用，简直太狡猾了。也只有这样的老狗獾才有胆量向人进攻，它居然还懂得埋住洞口，更是闻所未闻。看来，野兽被逼急了，什么都能干得出来。

由于洞中仍有烟雾，本来是熏狗獾的，现在倒给自己“享用”了，郭洪很快晕晕乎乎，难受无比。

他绝望了，索性躺下等死，可是待了足有四十分钟，还没死，也没觉得缺氧。真是怪了，按理说空气早该没了，

难道老天爷还不想要他的小命？于是，他腾地一下站起来，仔细寻找，却没发现啥。大概是为了防止出口被堵死，獾洞有极隐蔽的通气孔。这下死不了了！郭洪激动不已，又抖擞精神开始挖洞。

他挖洞的效率仍不高，看看表，已经是深夜了，估计也就挖了一半。突然，隐隐约约听到上面有脚步声，肯定是有人来了。接着听到上面开始挖土，还有狗叫声。天哪，有救了！

有人大喝："你是人是鬼？"郭洪应了声"我是人……"就什么也不知道了。

原来是父母见他天黑仍未回家，估计出事了，才叫了好多人上山来寻找。可他们找了好久，也没见他的影子。多亏一条狗经过这里，叫个不停，就是不肯走，人们才开始挖起来。不过谁也没抱希望，因为上面什么也看不出来，这老狗獾不仅把洞彻底堵死，竟然还铺了杂草！挖开后，人们都吓坏了，幸好他还活着。

经历了生死，郭洪幡然悔悟，痛改前非，不再捕杀任何野生动物，踏踏实实搞起了特种养殖，现在已发家致富。他经常用自己的亲身经历奉劝人们，千万不要肆意猎杀野生动物，当心它们的报复。遗憾的是，能听到他呼吁的人毕竟有限，很多人并没意识到问题的严重性。

众所周知，“活体取熊胆汁”事件曾引发动物保护组织的强烈抗议，但这种现象一直存在。我在做调查时，意外听到了下面这个故事，十分震惊。

这个故事发生在山高林密的威虎山，这里自古是猎人的天堂。如今野兽少了，猎人的后代也大都改了行，搞起了特种养殖和手工制作，但有些人仍偶尔偷着上山。向怀宾就是其中之一，他带着全家独居在离村很远的深山，一来方便种养木耳，二来可以盗猎。

一天，阳光明媚，向怀宾又提着那杆老式猎枪进了山。他三十多岁，身材不高，但骨骼粗大，肌肉发达。他习惯于用头脑打猎，懂得在山中兽道上设下机关抓捕野兽。今天运气不错，远远地，就看见一棵大松树下多了一个黑乎乎的大家伙。噢！是一头“黑瞎子”。它对放在那里的一团蜂蜜和兔肉产生了兴趣，伸爪去掏，结果被带有硬刺的钢索勒住了。

这头“黑瞎子”有一二百千克重，见有人走过来，便怒吼着冲撞起来。但每动一下只会令它更痛苦，钢索的硬刺已深深地勒进它的皮肉。向怀宾毫不惊慌，他准备将其击毙。可是，他突然想起不久前猎友跟他说起的“活体取熊胆汁”技术，据说可以源源不断地抽取熊的胆汁，比光卖个熊胆强多了。何不试试呢？打定主意后，他走近“黑瞎子”，吹出了一支麻醉针。

半个钟头后，“黑瞎子”已完全丧失知觉，犹如死熊。向怀宾上前踢了几脚，心想，要把这么个大家伙弄下山还真不容易。于是他飞快地跑回家，叫来媳妇三芽帮忙。两人趁“黑瞎子”没醒，用粗铁丝把它的前掌死死绑住，嘴里也勒了几道，又在它脑袋上扣了个铁笼子。

又等了半晌，随着药性的减退，“黑瞎子”醒了，开始挣扎，但无济于事。等它彻底没劲了，两口子抬着它下了山。由于是头母“黑瞎子”，所以相对比较老实。他们家门口有个大圆石坑，三四米深，夏天可用来储存雨水，眼下正干着。两人把“黑瞎子”顺梯子赶入了坑中，再次麻醉后，卸了铁丝铁笼，关在这里面它绝对跑不了。

第二天，向怀宾又向朋友详细咨询了“活体取熊胆汁”技术，回来后便开始动手。取完胆汁后，他草草用粗线把伤口缝上。为了万无一失，他给“黑瞎子”的后脚踝上了一个铁箍，连着粗尼龙绳，绑在石壁的楔子上。

为了多出胆汁，他们每天用玉米、土豆、大骨头等把“黑瞎子”喂饱，它皮实得很，轻易死不了。可怜这头“黑瞎子”，不仅彻底丧失了自由，而且沦为任人宰割和摧残的产汁工具。

向怀宾有个儿子叫小刚，在镇上上初一，住校，每月回来一次。这天，三芽去学校把小刚接了回来。回到家，小刚很高兴，但一见到被囚禁的“黑瞎子”，他大吃一惊，又听爸爸说要抽取它的胆汁，更是变了脸色。他认真地说：“老师讲了，‘黑瞎子’就是黑熊，是国家二级保护动物，是严禁捕杀的，爸爸，您不但捕捉黑熊，还这样虐待它，太不应该了！”

“小子，爹送你上学长出息了？学会教训爹了？爹不打猎怎么有钱供你上学？山里人靠山吃山，天经地义！”向怀宾根本听不进去，还要动手打人。小刚哭起来，说要到学校告诉老师。向怀宾真急了，举起手掌就要打，多亏三芽拦着才没打着。向怀宾大吼：“兔崽子，你敢出卖老爹，看我不把你绑到山上去喂狼！”

三芽把小刚拉进屋劝说了半晌，小刚不再言语，钻进被窝睡了。又过了一天，三芽把小刚送回了学校。

那日，两口子忙了一天，早早睡了。约莫夜里12点，机警的向怀宾被某种声音惊醒，睁开眼，竖着耳朵听了一会儿，确信有什么东西在院外活动。莫非是贼？他忙爬到窗边往外看。月光皎洁，只见几十米外的石坑边有一个大家伙在走动——是一头“黑瞎子”！难道坑里的“黑瞎子”跑出来了？不可能，看起来也不像，这头熊个头大得多，应该是一头公的，而坑里的是头母的。

向怀宾想：“管它呢，既然敢跑到我家门口来，就不能轻饶你！”他穿好衣服，刚要找枪，才想起炮药、钢珠都用光了。

他一般不用枪，也没当回事，没想到……看来只能静观其变了，这黑灯瞎火的，没枪又没事先设机关，还真难以收拾这头壮硕的“黑瞎子”。

那头公“黑瞎子”在石坑边转来转去，不时发出焦急的低吼，坑中的“黑瞎子”居然也叫了起来。明白了，这俩家伙很可能是一对，公的跑来救它媳妇了。向怀宾想：“我倒要瞅瞅你怎么把你媳妇救出去。你能把它弄出来，我就服你！”他悄悄把自己媳妇三芽叫醒，一起看这场好戏。

公“黑瞎子”转了好几圈，无从下手，越发焦急，竟然一下跳进了坑中。向怀宾先是大惊，转而狂喜，这头“黑瞎子”救妻心切，不过愚蠢透顶，它不但救不出媳妇，自己也休想再出来了。又白捡一头大“黑瞎子”！

两口子想多看会儿热闹，侧耳倾听，不时发出窃笑。只听见两头“黑瞎子”在坑中乱折腾，还嗷嗷乱叫。突然，一个黑影竟然从坑中上来了！向怀宾惊呆了，细看是那头母的。母“黑瞎子”自己是绝对上不来的，况且还连着绳子，肯定是公的把绳子咬断，把它推上来的。

“你还愣着干啥，它都快跑了，快去抓住它！”三芽急了，使劲推向怀宾。

“你急啥呀？它往哪儿跑？没见还在坑边转悠，等它老头子吗？你放心，它老头子上不来，它也跑不了。我现在就去把它俩都收拾了!”向怀宾胸有成竹地说,抄起一把猎刀走出房间。三芽也跟了出来。

两口子边跑边叫,坑上的母“黑瞎子”听闻,十分紧张,发出胆怯的叫声。“畜生,快给我跳下去,不然我剁掉你的熊掌!”向怀宾气势汹汹地喝道。他亲手折腾过这头母“黑瞎子”,认为它是自己的手下败将,所以气很粗。但母“黑瞎子”并没吓趴,也没逃走。

“反了你了!”向怀宾大吼一声,举刀就向它砍去。母“黑瞎子”吓得围着坑转起了圈,向怀宾边追边偷眼往坑中看,这一看吓得一激灵,里头的公“黑瞎子”正顺着坑壁往上爬呢。它爪子锋利,是爬树的高手,爬坑也没啥大问题,眼看就要上来了。这家伙可比那头母的厉害多了,说啥也不能让它上来。

向怀宾大叫:“媳妇,你看着这头母的,我去打那头公的!”说着沿坑边跑过去。公“黑瞎子”见状,也急了眼,四爪用力,竟然瞬间就爬了上来。向怀宾收不住脚,与公“黑瞎子”来了个面对面,他挥起猎刀,准备决一死战!

但是这头公“黑瞎子”凶悍无比,狂吼一声,立起身子,黑掌舞动,一下子就把他的猎刀打飞了。向怀宾明白自己不是它的对手,急忙转身逃跑,他发现母“黑瞎子”仍在对面的坑边,就边跑边喊:“媳妇儿,别慌,咱俩把母的弄下坑去,

公的就跑不了了！”

两口子冲到母“黑瞎子”跟前，连吓带推，一个劲儿想把它弄下去。公“黑瞎子”可不干了，它好不容易把媳妇救上来，岂容人再把它推下去？

公“黑瞎子”暴怒不已，旋风般抡掌打来，一下就把向怀宾打倒在地，他一骨碌，摔下坑去。正在踹母“黑瞎子”的三芽见状吓傻了，手脚发麻，不会动了。公“黑瞎子”见她还不走开，也向她打来。三芽瞅那蒲扇般的熊掌，差点儿没给吓死，干脆自己跳下坑去，好歹老头子在下面。

就这样，两头“黑瞎子”爬上了坑，猎人两口子反而进了坑。“黑瞎子”倒没继续落井下石，很快远去了。

两口子命大，都没死。苏醒后，都不知咋回事。这怎么可能呢？但这就是事实！他们受了重伤，站都站不起来了。眼下绝对上不了坑，只能等人来救了，可这里离村子很远，极少有人来串门！

两天两夜后，两口子已是奄奄一息，只能闭眼等死了。到了这一刻，向怀宾才有些后悔，你说在家种黑木耳多好啊，收入也不错，干吗非逮头“黑瞎子”，还抽人家胆汁？现在胆汁抽不成，反而把自己的命搭上了。后悔啊！三芽想到儿子今后要没爸没妈了，她的眼泪已经流干……

突然，坑上传来大声的呼唤：“妈妈！爸爸！你们怎么样？快说话呀！”是儿子小刚的声音？这一定是幻觉……但上面的声音越发真切，还有别人的叫声。两人勉强睁开眼，见坑上真的是儿子，是真的……这时，已有人搬来梯子，他俩获救了。

原来，小刚到学校后，经过激烈的思想斗争，还是把家里的情况报告了老师。老师觉得问题很严重，就通过校方联系了有关部门。森林公安、学校的老师等一行人在小刚的带领下赶来，目的是拯救被囚禁的“黑瞎子”，万万没料到，“黑瞎子”跑了，倒把小刚爸妈救了。要是小刚不向老师汇报，向怀宾两口子就死定了。他们清醒后得知情况，抱着儿子痛哭起来。

有了这么惨痛的教训，再加上老师和林业工作人员的开导、教育，向怀宾幡然悔悟，表示今后绝对不伤害野生动物了，还要当义务宣传员，让山里人都要自觉保护森林和动物。

动物观察笔记

# 拥有豪华“卧室”的狗獾

狗獾有冬眠的习性，挖洞作为巢穴。通常，洞道长几米至十余米，其间支道纵横。“卧室”内有主道、侧道及盲端，主道四壁光滑平整，无杂物及粪便，末端以干草、树枝、树叶筑窝。

**种属** | 哺乳纲食肉目鼬科

**体长** | 45—55厘米

**体重** | 10—12千克

**分布区域** | 亚欧大陆

◎**出没地带**

山地森林、山坡灌丛、溪流湖泊等

◎**最喜欢的食物**

昆虫、蚯蚓和小型哺乳类动物以及玉米、花生、马铃薯等农作物

◎**保护级别**

国家二级保护动物

# 俗称“黑瞎子”的黑熊

**真名** | 亚洲黑熊

**种属** | 哺乳纲食肉目熊科

**体长** | 150—170厘米

**体重** | 约150千克

**分布区域** | 欧亚大陆的东部等

**◎出没地带**
森林

**◎最喜欢的食物**
果子和蜂蜜

**◎保护级别**
国家二级保护动物

亚洲黑熊可以像人类一样直立行走，也能像人一样坐着，但行动谨慎又缓慢，很少主动攻击人类。亚洲黑熊的嗅觉和听觉很灵敏，顺风可闻到500米以外的气味，能听到300米以外的脚步声。但它的视觉很差，故有“黑瞎子”之称。

# 第六章

## 绝地反击

扫码即可
声临其境

下面这个故事是我的一个舅舅讲的，为了叙述方便，就用第一人称吧。每当看到别人牵着猫猫狗狗在街上走的时候，我就会情不自禁地想起我小时候养过的动物——一只水獭，名叫三黄。乍一看，它不太漂亮，像一只黄鼠狼，身子细长，披着咖啡色的厚毛，小脑袋，大嘴巴，一张嘴就显得很凶。它可不像城里的宠物那样娇生惯养，本领可大啦！

我们家祖祖辈辈以养水獭捕鱼为生，到我爸这一辈才不干。可爷爷一直不愿扔下这老本行，养了两只水獭。水獭虽是哺乳动物，但趾间有蹼，身子柔软，毛绝对不透水，还能够将鼻孔和耳朵关闭，所以非常擅长潜泳。野生水獭是鱼的天敌，能追上并捉住比自身还大的鱼，经过人工驯化的水獭就更厉害了。

那年春天，我家的母水獭生下三只水獭崽儿，它们身上没毛，粉嘟嘟的，可爱极了。遗憾的是，有两只小水獭很快夭折，只存活了一只，我给它取名三黄。三黄十分强壮，发育良好。三黄大一些后，爷爷开始喂它些小鱼小虾，并让两只老水獭教它捕鱼。三黄是棵好苗子，水感极佳，经过训练，进步很快。我家院外的驯养池是爷爷精心设计的，里面有不少深石洞，把鲶鱼、岩鲤等放进去后，它们就会钻到里面不出来，水獭要想逮到它们，必须钻进去，这需要相当的胆量和极好的水性。训练几个月后，三黄便成了名副其实的高手，放下去的鱼都能一条不漏地捕上来。有一次，它竟在水下待了足足十分钟，爷爷竖起大拇指夸赞道："养了这么多年水獭，数三黄最厉害了！"

三黄十分通人性，跟我的感情最深。我们经常在池子里一起游泳、玩耍，甭提多开心了。可就在三黄即将正式上岗的时候，它的爸爸妈妈出事了。

那天，爷爷驾船到

巫水河上打鱼。到中午时，两只老水獭已捕了不少鱼，一只老水獭上船歇息，另一只却迟迟不见动静。突然河水“咕噜噜”翻腾起来，看来那只老水獭遇上了大鱼！船上的老水獭未等爷爷下令便跃入水中去帮忙。霎时，河面像炸开了锅似的，让人心惊肉跳，并有殷红的血冒上来。足足过了一刻钟，水面才恢复平静，可两只水獭却仍未上船。爷爷意识到大事不妙，马上撒下渔网打捞。很快，他捞上来一只老水獭，它全身血肉模糊，早咽了气。另一只费了半天劲才捞上来，它受伤后活活憋死在了水底。太惨了！两只水獭一定遇上了超乎寻常的强敌，捕捉不成，双双送命。爷爷心疼得捶胸顿足。

大多数淡水鱼都是很温顺的，但也有一些又大又凶猛的鱼，如白鲟、黑鱼、鳡鱼等，专门吃别的鱼，其中数鳡鱼最厉害，俗称“水老虎”。这种鱼生长迅速，普遍都能长到10千克左右，个别的甚至超过50千克，它披着坚韧的硬鳞，张着满是利齿的大嘴，见什么鱼就吃什么鱼。一片水域若有十几条鳡鱼出没，就甭想捕到其他鱼了。

较小的鳡鱼并不是水獭的对手，不过如果它们侥幸逃脱，便会对水獭恨之入骨。两只老水獭可能就遭到了一条

巨鳡鱼的疯狂报复。

爷爷把两只老水獭带回家，三黄一见爸妈的尸体，立即扑过去，发出悲切的鸣叫，似乎想唤醒父母，可两只老水獭再没动一下。我见状哇地哭出了声。

埋葬了两只老水獭后，爷爷用了种种办法打算除掉那条巨鳡鱼，但都以失败告终。

又过了半年多，一个星期天，我写完作业，带上三黄驾着小船去捕鱼。三黄已有不少实战经验，爷爷比较放心。不过，他也嘱咐我，千万提防那条巨鳡鱼，一有情况，马上让三黄上船。

巫水河经流雪峰山的崇山峻岭，到我们村水流已比较平缓。当时正值晚春时节，天蓝云淡，大地生机勃勃，满眼都是新鲜的绿，荡舟江上，香风拂面，惬意极了！

三黄十分卖力，但只捉到了几条不足10厘米长的小鱼。渐渐地，我们已经进入一个很宽阔的深水沱中，水很静，很清。

三黄歇息了一会儿，再次潜入水中。少顷，水面突然泛起层层涟漪。啊！这回三黄遇上了大鱼。以三黄的实力，制伏六七千克的大鱼不成问题，可迟迟不见它上来。我扶着船舷朝水底看，隐约可见两个黑影在激烈搏斗，时而撞击，时而纠缠在一起，会不会是那条可怕的巨鳡鱼？我恍然醒悟，忙用力敲击船舷，催三黄快些上船。

如果三黄即刻抽身逃脱，巨鳡鱼是奈何不了它的，但生性好强的它非要和对手争个输赢。三黄的勇猛和无畏激励了我，我迅速脱掉外衣，一个猛子扎进水里。我要助三黄一臂之力，除掉那可恶的巨鳡鱼。

水很凉，激得我够呛，幸好我的水性很好，能很快适应。水里能见度尚好，我边划水边睁大眼睛探寻，终于看清了两个黑影，离我不到10米。

仔细看，好大的一条鳡鱼，足有1.5米长，比我个头还要大，乌背，白肚，张着大嘴，尖牙毕现，像恶狼一般，正在与三黄撕咬。三黄也不示弱，使出浑身解数，力战强敌。

一鳡一獭打斗得太激烈了，我根本无法靠近。待了一会儿，我忙浮上去换了一口气，再潜下去时，三黄已明显处于下风。可恨的巨鳡鱼加紧了攻势，越发穷凶极恶。三黄被接连咬了几口，血丝直往上飘，终于支撑不住，疾速向上窜去。

巨鳡鱼未能赶上三黄，却一眼看见了我，立即张开大嘴猛扑过来。我大惊失色，忙向上游，可动作迟缓得多。巨鳡鱼眨眼间到了近前，一口咬住我的左臂，我疼得大叫一声，结果呛了一口水。巨鳡鱼紧咬住不肯松口，用力往下拽我，想把我淹死在水底。

我憋住气，徒劳地挣扎着。就在我快坚持不住的时候，三黄又冲过来了。它吸足了气，精神百倍，照着巨鳡鱼肚子就是一口，同时用前爪乱抓，逼得它松了口。我忙抽身冲上水面，大口大口地呼吸着。如果再晚十秒，我就会被活活呛死了。

手臂上有两行深深的齿痕，血还在流，但我忘记了疼痛，再次潜入水中。

那条身受重伤的巨鳡鱼已发了疯，如蛟龙一般，上下翻腾。三黄虽勇敢，但对手实在太凶猛，几个回合下来，还是被巨鳡鱼咬住脊背，扯下了一条肉。

三黄见势不妙，转头就逃，巨鳡鱼反应极快，在后面紧追不舍。三黄见无法逃脱，再次回过头来，准备拼命，不料正好撞在巨鳡鱼的大嘴上。巨鳡鱼已杀红了眼，猛地叼住了三黄的脑袋，竟活生生地把三黄吞下肚去！

我在附近看傻眼了。巨鳡鱼的肚子撑得很大，没马上向我袭击，我手忙脚乱地扑腾上水面，游向小木船。

上了船，我的泪水与河水一起顺着脸颊往下流。三黄啊，我的好伙伴，我永远失去了你……

哭了很长时间，眼睛都哭肿了。忽然，有什么碰了我一下，船没靠岸，不会有人，会是谁？定睛一看，竟是三黄！莫非我在做梦？

可我眼前就是三黄，它遍体鳞伤，伏到我怀里就昏了过去。

这究竟是怎么回事？

船不知不觉靠了岸，爷爷正巧赶来了。我呜咽着诉说了刚才发生的一切。爷爷说："准是那条巨鳡鱼，三黄能死里逃生，真不简单！"

爷爷为三黄包扎好伤口，让我抱着它在岸上等着，他又驾船驶入深水沱中。他不断地撒着拖网，但一直没有捕到，可他仍不肯停止。

终于有一网沉甸甸的，拉不上来，爷爷便用船拖着网上了岸。我俩齐心协力，把网拉了上来。一看，里面正是那条巨鳡鱼！

巨鳡鱼身受重创，七窍流血，早就死了。在它的胸部，赫然可见一个胳膊粗的圆洞。

我茅塞顿开：三黄被吞下后，并没死，而是屏住气在巨鳡鱼肚子里折腾，很快把它活活整死，然后咬开一个洞逃了出来。三黄最善于掏洞穴里的鱼，这对于它并不太难。

三黄临危不乱，凭着过硬的本领除掉了巨鳡鱼，为它爸妈报了仇，创造了一个奇迹。从此它威名大震，哪里的鱼塘有大害鱼，都请它去捕捉。

这个故事让我想起了当年的一段难忘的经历。平时我会到近点的地方游览，不放过任何跟野生动物接触的机会，太行山就是我经常去的地方。一个周末，我和同事驱车到东太行山游玩。那里山高谷幽，植物茂盛，令人心旷神怡。我们爬了很远的路，满头大汗，却发现只是到了半山腰的一个平台上，面前陡立着一座直上直下的悬崖，有几十米高，裸露着苍黑的岩石，不可能再往上爬了。

向上望，垂直的悬崖上伸出一块很突兀的岩石，有一只狐狸正在上面匍匐而行！我们非常兴奋，毕竟在这里能见到野兽的机会并不多。更令人称奇的是，岩石距地面几十米高，离崖头也有四五米，它是怎么爬到那上面去的？它上去又想干什么？

“扑棱棱——”有两只雏雕在岩石上飞起来，可只飞了一米多高，就落了回去。那只狐狸恶狠狠地扑上去，轻而易举地就把两只雏雕咬死了！

明白了，那岩石之上有一个雕的巢穴，大雕出去觅食了，两只雏雕留在巢里，不成想被狐狸钻了空子。大雕把巢穴建在这么险要的地方，竟还不安全。

二十分钟后，两只可怜的雏雕只剩下一堆带血的羽毛。这期间，我们大声吆喝，试图阻止。可那只狐狸十分狡黠，知道我们鞭长莫及，所以并不害怕。

狐狸饱食一顿，正准备离开，忽然天空中飘来一团黑影。仔细看，是一只虎头海雕！它的身子有七八十厘米长，双翅伸展，足有两米多，黑褐色的羽毛和白色的羽毛相互映衬，威风八面，令人惊叹。听说虎头海雕是国家一级保护动物，数量不多，河北境内偶有分布，今天能看到，真是太幸运了！当然，惊喜之余我们也有一丝畏惧，它的确是太大了。

那只狐狸发现了海雕，立即顺崖头垂下的藤蔓向上爬去。原来它就是顺着藤条从上面爬下来的，真是够狡猾的。海雕见孩子已被吞吃，心疼得嘎嘎大叫起来，声音深沉而嘶哑，非常骇人。虎头海雕虽是食肉猛禽，但抚育幼雏却充满了爱心，每天不辞劳苦地捕食喂养孩子。好不容易孩子长大快会飞了，却被狐狸咬死，能不愤怒吗？

海雕振翅扑去，抓断了藤条，刚爬了一半的狐狸立即向下坠落，把它摔得够呛。未等它站稳，海雕带钩的硬喙已在它背上狠狠啄了一下，撕下了一块肉。狐狸疼得怪叫一声，不顾一切地张开大嘴，直取海雕的脖颈。海雕险些被咬住，急忙飞向一边。

海雕一面盘旋在半空，一面提防着狐嘴，不断向狐狸身

上啄击，把它啄得伤痕累累。狐狸背水一战，凶相毕露，决心死拼到底。

不知为什么，海雕突然向天上飞去，狐狸以为没事了，放松了警惕。但是，高空中的海雕突然以迅雷不及掩耳之势射向狐狸。狐狸根本没能做出反应，钢钩般的雕爪已抓住它的脖颈，向后一甩，爪尖深深扎进了它的肉里。

海雕具备惊人的力量和速度，能扎进河湖或大海的深水中，抓起五六千克重的大鱼。看来，这只海雕使出了自己的拿手绝技来对付这只狐狸。狐狸并不服输，拼命挣扎。海雕也不怠慢，双翅稍慢但强有力地拍动，那狐狸竟被提离了岩石，身子完全悬空。

海雕倾尽全力，把狐狸拖着飞升了十几米。它的用意十分明确，就是想在高空把狐狸扔到崖下，活活摔死。狐狸自然也明白，它惊恐万状，浑身抽搐。海雕见下面无遮无拦，松开了双爪……

好紧张啊！我正想瞪大眼睛一睹狐狸的悲惨下场，却发现它竟还悬在半空中。估计是狐狸在海雕即将松爪的刹那，孤注一掷，奋力转身咬住了海雕的爪踝。为了活命，它真是超水平发挥了。

海雕本能地低头啄狐狸，可腿被拉得很长，够不到，动作一大，身子立刻失去平衡，直线下坠。连啄几次，海雕已下降了七八米。高度对狐狸的威胁越来越小,这正是它求之不得的局面。

一旦海雕坠落在地,对狐狸就更有利了。它是走兽,在地上搏杀可谓势不可挡,几下就能把海雕咬死。

双方在半空僵持起来。狐狸是以逸待劳,而海雕却是拼尽全力在坚持,它的体力在迅速消耗,随时可能一头栽下。我们无能为力,只能心怀悲痛,呆呆地观望着,祈祷着。

只见海雕又缓缓向上飞去,看得出它使出了最后的气力。现在距地面又很高了,这个高度足以让狐狸胆寒。可是这又有什么用呢?海雕看上去已是精疲力竭……

接下来是我此生见到的最悲壮、最惨烈的一幕:海雕用它另一只自由的爪子,在被狐狸叼住的腿的根部用力一划,锐利的爪尖划破皮肉,本已绷得很紧的腿根立即应声撕裂,那条腿顷刻间从它身上分离下来,狐狸也随之惨叫着向下坠落—— 一声闷响,鲜血四溅!

失去一条腿的海雕鲜血直流,惨状空前。不过,它终于目睹了狐狸的死亡,为自己的孩子报了仇。它凄厉而快活地鸣叫着,在空中盘旋几圈后,吃力地向远处飞去……

我们的内心受到了强烈的震撼,多么勇敢而坚强的海雕,在最危难的关头,它没有放弃,虽然失去了一条腿,却取得了最终的胜利!

动物观察笔记

# 调皮贪玩的水獭

水獭很爱玩耍，有时候用踩水的方式站立起来，使头部和颈部露出水面，似在观看远方；有时候会顺着河堤的斜坡爬上滑下；有时候仰卧着缩起脚，浮在水面上随波逐流……每每游近水面时，它都习惯把头、背和尾巴露出来，常被人们误认为是水怪。

种属 | 哺乳纲食肉目鼬科

体长 | 56—80厘米

体重 | 约5千克

分布区域 | 亚洲、欧洲和非洲

◎出没地带

河流和湖泊

◎最喜欢的食物

鱼类

◎保护级别

国家二级保护动物

鳡鱼是鲤科中凶猛的肉食性鱼类，由于眼睛近视、生性贪吃，它们绝不放过任何一个经过眼前的食物。

别名 | 黄钻、竿鱼、水老虎

种属 | 硬骨鱼纲鲤形目鲤科

体长 | 80—200厘米

分布区域 | 黑龙江流域、辽河等

◎**出没地带**

江河、湖泊的中上层

◎**最喜欢的食物**

青蛙、鲫鱼、小鲤鱼

◎**保护级别**

国家二级保护动物

# 看见什么吃什么的鳡鱼

# 第七章

## 山林里的精灵

扫码即可
声临其境

三十多年前，那时的我十四岁，长得很瘦小，转学到了黑龙江省塔河县松城乡，在那里上初二。那是我舅舅当时生活的地方，一个位于大兴安岭小波勒山的村庄。

那里土地肥沃，茫茫林海中各种山货数不胜数，其中东北三宝：人参、貂皮和鹿茸，是最知名的。我舅舅是个邮递员，给我讲了很多跟野生动物有关的故事。其中一个偷猎者捕紫貂的故事让我至今记忆犹新。紫貂目前已成为濒危的国家一级保护动物，它的皮毛绒厚，皮板薄，为裘皮之冠，尤其是野生紫貂皮，质地更优。

打猎的人都知道紫貂难打，一般不去碰它。紫貂的警惕性很高，只要听见半点儿响动，就绝对不会露头，即使赶巧让你撞见了，也极难捕获。它们的动作快如闪电，眨眼间就没影儿了，如果一枪打不中，方圆五千米内所有的紫貂就

都钻进山洞或吓跑了。

但有个偷猎者琢磨出了逮紫貂的绝招：两手空空往地上一躺，装作被冻僵的样子，一动不动。紫貂生性好奇，而且有同情心，见状会异常大胆地靠近你，推你、抓你，冲你吹热气，力图把你叫醒。这时的紫貂是完全没有戒心的，只要你迅速伸手，就极有可能抓住它。

那是个异常寒冷的冬天。偷猎者全副武装地出发了。进入林子后，他俯下身仔细寻找，看见有许多紫貂的小脚印。于是他慢悠悠地栽倒在松软的枯叶上，旋即蜷缩成一团，耐心等待着。

气温约在零度左右，躺了二十多分钟，正当偷猎者冻得受不了时，有几只黄褐色的紫貂在草丛中探出头来。他眯眼偷窥。哇，好漂亮，它们的皮毛像抹了油一样，放着光……

偷猎者屏息凝气又等了十多分钟，紫貂们依旧原地不动。见它们一直心怀戒备，他只能继续躺着。

又足足等了半个多钟头，偷猎者突然发觉自己的关节僵硬，四肢麻木，根本不听大脑的指挥了。真是聪明反被聪明误。他本想假装冻僵，结果真给冻僵了。那几只紫貂也真怪，像是故意让他欲起不能，欲捉不能。“它们该不会是成心害我吧？”偷猎者这样想着，也许还真是这样。近年来捉貂的人不在少数，紫貂们深受其苦，它们大概目睹了太多惨案，因此铭记在心，才不中他的诡计。

终于，他还是挣扎着站了起来。

寒冷、疲惫还有面对死亡的恐惧，让他彻底放弃了捕捉紫貂的念头。它们太聪明了，跟它们为敌的下场可能很惨。既然进山了，还是采点别的山货吧，也不算白跑一趟。

于是，偷猎者开始寻找黑木耳。野生黑木耳寄生在栎树、槭树、椴树等树木的枯干上，吸收山林灵气，因而风味独特，营养丰富。采五六千克，可晒成一千克左右的干货，卖十几块钱。对于当时的人们来说，也是笔不小的收入。

在连绵不绝的山林中，他发现了一片栎树林，树上爬满了黑木耳。他喜出望外，使劲儿采起来，很快采满了一口袋。感到疲惫的偷猎者倚在了栎树上，向下俯瞰。

忽然，他发现远处有一只鹿，一边走一边吃草，显得很自在。这是一只马鹿，因为鹿角很大，且分出很多叉，所以当地俗称"八叉鹿"。遇到它们被认为是吉兆，偷猎者出神地望着它。

在马鹿前方有一只雪兔。雪兔是东北特产，比一般的兔子个头大。雪兔看见了马鹿，更加放心大胆地吃草，以为附近没有敌害。

马鹿边吃草边向雪兔靠拢，就在两者相距仅十几米的时候，只见雪兔的双耳一下直立起来，转身想跑。可就在这一刹那，马鹿身上飞出一个灰黑色的影子，箭一般射向雪兔！雪兔没跳出几米，便被那"影子"一口叼住脖颈，稍做挣扎，便一命呜呼了。整个过程不足十秒，偷猎者看得眼花缭乱。细瞅那影子，也是个四足动物，只是长相十分奇特，综合了熊、狼、貂、獾四种动物的特征，确切地讲，身板像熊，脑袋像獾，四肢像狼，尾巴像貂，体形介于熊与貂之间，偷猎者从没见过这种怪兽。

怪兽咬死雪兔，开始津津有味地吮血吃肉，不一会儿地上便只剩下一堆皮了。它的嘴巴大得不成比例，牙齿极其坚锐，可以很轻易地咬碎头骨。吃饱后，它又走向那马鹿。这期间，马鹿竟一直在附近吃着草——真是令人匪夷所思。

只见怪兽后腿用力，一下又跳到马鹿身上，尖爪抓住马鹿脖子上的毛，骑得稳稳当当。后来，那怪兽又伏下身子，紧贴马鹿的脖子。由于马鹿脖子粗，毛长，而且二者毛色极为接近，不注意很难分辨。所以，其他动物只看见一头马鹿走来，怎能想到它背上竟会驮着一个可怕杀手？

好一个"骑鹿怪兽"！怪兽手段高深莫测，杀死一头马鹿应该是易如反掌的，但它并没那么做，显然马鹿已被完全驯服，它只要驮着怪兽接近猎物，怪兽就不会轻易吃掉它。看来它们已形成一种协作的关系。大兴安岭流传着许多动物之间千奇百怪的故事，这也许能算作一个。

马鹿驮着怪兽沿山谷慢慢走远，虽然很是恐惧，但强烈的好奇心促使偷猎者不由自主地悄悄跟随。

偷猎者提心吊胆地跟了二十多分钟，担心会迷路，便想返回。就在这时，忽然传来几声狂啸："嗷——呜——，嗷——呜——"偷猎者被这突如其来的叫声震得一屁股坐在了地上。这是虎啸，名副其实的虎啸！

听舅舅讲，老虎喜欢在猎物必经的路上潜伏，等猎物接近时便发出狂啸，先把猎物吓得半死，然后猛扑上去施展绝技，从不落空。果然，一头壮硕的东北虎不知从哪儿蹿了出来，四足腾越，冲向马鹿！马鹿哪见过这阵势，吓得连腿都不会迈了，呆立原地。

马鹿注定要成为这头东北虎的腹中之食了。孰料，那怪兽从马鹿身上跃起，直冲上去！东北虎猝不及防，大感意外，骤然稳住身形。它这一停，更见功夫，可谓收放自如，令人惊叹。当它看清来敌个头很小，其貌不扬，气不打一处来，马上又狂吼着，张开大碗般的前爪，泰山压顶般扑压上去！

怪兽急忙向旁边一跃，躲开了这致命一扑。东北虎落地后毫不怠慢，拧身第二次扑向那怪兽，更加疾速如旋风。怪兽弹跳力惊人，动作迅捷，再次灵巧地躲开。东北虎尽展余威，排山倒海般第三次扑过去……这三扑，威力极强，一气呵成，是东北虎制胜的法宝，但今天好像不太灵了。

怪兽似乎存心捉弄东北虎，在虎爪快抓到它时，才向右侧倏地一蹿，东北虎又扑空了。这下它有些泄气了，张嘴喘着气，又晃脑袋又耸肩，竟就势趴在地上不起来了。

怪兽见东北虎不过就这么几下子，喜出望外，抖擞精神，竟然发起了反攻，身形跃起，蹿向虎背。它骑马鹿驾轻就熟，这会儿也想骑虎试试。

东北虎毫无防范，连身子都没转过来。眼看怪兽就要得逞，但刹那间，只见直径足有六七厘米、钢鞭般的虎尾抡起来，朝那怪兽猛抽过去！

怪兽得意忘形，毫无防备，被抽了个正着。只听啪的一声，那怪兽竟被拍出七八米远。

怪兽摔在地上，滚出了一溜儿跟头，最后仰面朝天，张着嘴巴，似乎要吐血，可又吐不出，准是受了内伤。要不是它毛皮极厚，这下就死定了。

在东北虎跟怪兽打得难解难分时，马鹿沿山谷仓皇逃跑了。这个机会实在太难得了。

东北虎转过身，径直向怪兽逼过去。它又恢复了那种唯我独尊的霸气和威严，准备好好教训一下这个胆大妄为、无法无天的家伙。

怪兽见状，拼了命从地上爬起来，但已完全没有反抗的能力。突然，它莫名其妙地转过身，对准了东北虎，从胯间蓦地射出一股黄色液体。它的举动真是又好气又好笑。

东北虎闻见尿味，竟哆嗦了一下，马上用前爪捂住了鼻子，忙不迭地朝后退去。片刻间，它完全打消了吃怪兽的念头，转身向密林深处跑去，很快不见了踪影。

怪兽这一尿，让偷猎者突然想起来了，这可能就是人们常说的“山狗子”，大名叫貂熊，也有叫它狼獾的。没错儿，就是它！

貂熊是一种非常稀有而神秘的动物，不少猎人一辈子也没见过。别看它个头不大，但体力甚强，善长途奔走、游泳、攀爬，常在密林中自由跳蹿。最奇特的就要数它那奇臭无比的尿了，有时，貂熊会在尿上打个滚，使臭味遍布全身，

见敌人无从下口时，它便趁机逃之夭夭。偷猎者觉得今天能亲眼所见貂熊的真容，真是太幸运了！

后来偷猎者不再捕杀野生动物，成了一个摄影师，用镜头捕捉大自然中那些动人的瞬间……

假期过得很快，农活也基本干完了。一天，我的一个同班同学，也是我最好的朋友伊噶布邀请我去他家玩。征得了家人的同意，吃过午饭我们就一起上路了。

伊噶布是鄂伦春族人，淳朴热情，我俩关系特别好，学习上也互相帮助。好多天不见面，彼此都特别想念。

伊噶布这次带来了两匹马，都是上好的猎马，有一匹是特意为我准备的。这种猎马是鄂伦春人培养出来的特有品种，体形不大，但四条腿很粗壮，很强健，能够背负很重的东西在陡坡密林间疾奔，其爆发力和耐力都远胜于一般的马。由于平时都是在山上散养，它们的野性极强，彪悍暴烈，十分好斗。冬天上山打猎，如果草料不足，它们能吃兽肉，喝兽血，这一点更是别的马比不了的。

伊噶布骑了一匹，另一匹让我骑。以前也去过他家，这匹马也骑过，没想到它还认得我，冲我直点头。我十分高兴，急忙喂了它一些吃的，抚摸着它长长的鬃毛。它的名字叫骄劳布胡(鄂伦春语，意为像石头一样结实)，六岁。听说它曾独自弄死过一条恶狼，致使最开始我对它还有一种畏惧感呢，但它其实一点儿也不粗野，干起活来兢兢业业，我非常喜欢它。它的刚烈和狂野只对付敌人，对于尊重它的人，它非常温和，有时甚至很深情。

我们一人骑着一匹猎马走在山路上，边走边聊，开心极了。我俩商量了一下，决定到顶峰上看看风景。时间还早，先不急着赶路。

上山的路越来越陡，可骄劳布胡走起来毫不费劲。正行进着，骄劳布胡突然一声嘶叫，并猛地摆头，我吓得一激灵，差点儿从马上掉下来。回头看，啊，只见右侧的都柿林中一个黑影正朝我们猛冲过来，是一头“黑瞎子”！它的毛色漆黑，大嘴红彤彤的，黄板牙清晰可见，真是太恐怖了！

“遭了，我没带枪！”伊噶布喊道。

我们可能已经闯入了这头“黑瞎子”的势力范围，遭到它本能的排斥和攻击。没有枪，闻不见火药味，它一点也不怕我们。伊噶布的马比较年轻，可能受惊了，转身就跑。

情急之下，我抓住马鬃，命令骄劳布胡也赶快跑。可令我万万想不到的是，骄劳布胡竟然一步也不肯往前跑，只是乱叫一通，好像是要我下去。大敌当前，我敢下去吗！骄劳布胡见我不肯下去，竟剧烈地摆动起身子来。我实在坐不住，只好下马，脚一着地，我几乎瘫了下去。一半出于恐惧，一半出于对骄劳布胡深深的失望，我猜想骄劳布胡可能会独自逃走。此时“黑瞎子”离我已不足十五米！

恍惚中，骄劳布胡猛地转过身，四足腾越，迎着“黑瞎子”直奔过去。凶神恶煞的“黑瞎子”自然不会把一匹猎马放在眼里，咆哮一声，张嘴狠狠咬向骄劳布胡的喉管。骄劳布胡反应出奇地快，倏地腾身闪开！“黑瞎子”扑空，身子却没停住。骄劳布胡正在它身后，抬起后蹄，在“黑瞎子”腰上猛踢了一下。“黑瞎子”疼得尖叫一声，它意识到对手不是好惹的，意欲跳出圈外，孰料脚下一乱，竟翻滚在地。骄劳布胡丝毫不给它喘息的机会，拧身扑过去，抬起铁蹄猛踢“黑瞎子”的面部，转瞬间就将它踢了个满脸花。“黑瞎子”完全懵了，眼睛也睁不开，只是胡乱地挥舞黑掌。

骄劳布胡没当逃兵，它是好样的！我觉得自己真不该瞎猜。如果不是亲眼所见，谁会相信猎马能战胜“黑瞎子”呢？奇迹啊！我激动地为骄劳布胡叫起好来。

瓷实的“黑瞎子”并不服输，突然跳起来，疯嚎着冲骄劳布胡狂抓滥咬一气。骄劳布胡并不慌乱，灵巧地躲避着，瞅准时机又给了“黑瞎子”几下重击。“黑瞎子”终于丧失了攻击力，仓皇败退。

骄劳布胡太伟大了，我正要过去搂住它好好庆祝，忽听身后传来一声震耳的狂吼。转身看，顺着山坡又跑来一头“黑瞎子”。它的块头比第一头大三分之一，很明显这是头公的，和刚才那头是一对。

这头公“黑瞎子”见爱妻如此狼狈，心疼不已，立即来找骄劳布胡报仇。虽然我很不愿看到这种场面，但一场激战已经无法避免。

这头公“黑瞎子”虽然狂怒到了极点，但动作并没失去章法，它深知眼前这匹猎马的厉害。而刚才母“黑瞎子”的失败，很大程度是因为它太轻敌了。

面对面的交错搏击，骄劳布胡是毫无优势可言的。“黑瞎子”毕竟是残忍的食肉动物，它的尖牙利齿都具有致命的威力。在极度的混乱中，猛见黑乎乎的熊掌闪电般一击，霎时间把骄劳布胡的背部划出一个大口子，鲜血立刻喷溅出来。

骄劳布胡忍住剧痛，抬起前蹄对着“黑瞎子”猛踢，遗憾的是，每一下都落了空。它的四蹄是用来承载重量和长途跋涉的，怎么都不如熊掌灵巧迅捷。况且刚才力战母“黑瞎子”，它已耗费了相当多的体力。

此刻经验丰富的公“黑瞎子”已摸清了骄劳布胡的套路，抓住空当，又连连击中它的肚子和屁股。有一个伤口特别大、特别深，骨头茬子都露出来了。

骄劳布胡不敢再与对手纠缠，转身逃避，奋力冲出十几米。报仇心切的公“黑瞎子”岂肯善罢甘休，嗷嗷大吼一声，猛追过去。真没想到，体形硕大的“黑瞎子”冲刺速度如此之快，它如一道黑色的旋风，追到骄劳布胡身后，突然就势跃起近两米高，重重地扑压到骄劳布胡的背上。

公“黑瞎子”体重至少三百千克，如此砸压，足有千斤之力。骄劳布胡猛地趔趄了一下，愣是又站稳了。因为它知道，一旦倒下，就会爬不起来。

“黑瞎子”也大感意外，它恶狠狠地又一口咬住了骄劳布胡的脖颈。“黑瞎子”攻击大型食草动物最绝的就是这一招，猎物一旦被咬住，绝对无法摆脱。骄劳布胡矮小的身躯承受着“黑瞎子”的巨大压力，全身的伤口汩汩涌着血……它已无力反抗！

我现在逃跑或许还来得及，但骄劳布胡是为了救我，我绝对不会抛弃它不管的。我从地上捡起石块，跑到近前，使劲朝公“黑瞎子”身上猛砸，但它实在是皮糙肉厚，石块都被弹了回来。我又朝它头上砸。它到底被砸急了，喉咙里发出极其恐怖的吼声，身子膨胀起来，但它丝毫不肯松嘴，反而更加使劲地咬。它的意思就是先把骄劳布胡放倒，再来收拾我。

留给骄劳布胡的时间已经不多，这几分钟它好像在思忖什么。突然它奋力扬蹄，驮着“黑瞎子”奔跑起来。起初它跑得很慢，后来越跑越快。我真不敢相信，已经趔趔趄趄的骄劳布胡还能跑出如此的速度。

我突然明白了骄劳布胡的意思，它正径直向山脊边缘冲去，那下面是很深的山沟。它是要与可恶的“黑瞎子”同归于尽！

当骄劳布胡离沟边只有十几米时，“黑瞎子”也反应过来了。它气急败坏地狠力一咬，终于把骄劳布胡的半截脖子咬断了，骄劳布胡的头立刻耷拉下来……

但是骄劳布胡竟然没有倒下，不知是什么力量支撑着它依然狂奔。我目瞪口呆，浑身悚然！

“黑瞎子”也傻了，不知所措。眨眼间，它们一起坠入了深沟！

我愣了半晌才跑到沟边，往下看，隐约可见骄劳布胡和

"黑瞎子"躺在一片血泊之中……

悲痛淹没了我，泪水汹涌而出，同时我又被深深地震撼了，这种震撼压过了我的悲痛……

过了一会儿，伊噶布骑着马回来了，他连连道歉。我说："没事，你的马为了救我而死了，是我对不起你。"

我们返回村子，叫来大人，在沟底埋葬了骄劳布胡。听着我述说那最后的一幕，几个粗犷的大男人都红了眼圈。

几年后，我顺利地考上大学。我虽然很久没有回去，但无时无刻不在思念着美丽的大兴安岭，思念着那里的人们和那些山林里的精灵们，希望一切都能好好的。

动物观察笔记

# 跑跑停停的紫貂

紫貂善于攀树，行动敏捷灵巧，活动于密林深处。在地面行进时总是跑跑停停，边嗅边看，有时会昂首向四周张望。紫貂捕食和避敌的时候则连跑带跳，一般纵跳可达30厘米左右。

**种属** | 哺乳纲食肉目鼬科

**体长** | 约40厘米

**体重** | 约1千克

**分布区域** | 乌拉尔山、西伯利亚、蒙古等地

**◎出没地带**

亚寒带针叶林与针阔叶混交林地带

**◎最喜欢的食物**

鼠类、小鸟和鱼类

**◎保护级别**

国家一级保护动物

# 白屁股的马鹿

年幼的马鹿会和家族成员们生活在一起，稍大一点，它们会独自生活或拉上伙伴组成新的群体。由于马鹿天生机警、擅长奔跑，又有巨大的角做武器，所以在自然界中也是个不好惹的家伙。

别名 | 红鹿、八叉鹿等

种属 | 哺乳纲偶蹄目鹿科

体长 | 约180厘米

体重 | 150—200千克

生活区域 | 欧洲南部和中部等地

◎**出没地带**

由于分布范围较大，栖息环境也极为多样

◎**最喜欢的食物**

草、树叶、嫩枝、树皮和果实等

◎**保护级别**

国家二级保护动物

# 鄂伦春人的鄂伦春马

鄂伦春人世代沿袭着祖先遗留下来的狩猎习俗，马自然成了鄂伦春人必不可少的狩猎工具。鄂伦春马性情温顺，步伐稳健，在山地乘驮能力较好。它登山能力很强，能迅速攀登陡坡，穿林越沟，行动敏捷，还能与野兽搏斗。

**种属** | 哺乳纲奇蹄目马科

**体长** | 130—140 厘米

**原产地** | 大小兴安岭山区

**◎出没地带**

林海

**◎最喜欢的食物**

草

**◎保护措施**

被列入《国家级畜禽遗传资源保护名录》

# 第八章

## 离奇的复仇

扫码即可
声临其境

那年四月，我独自到云南南部的金平县游玩。那里是热带雨林气候，遍布着原始森林，让来自北国的我觉得十分新奇。当地的傣族老乡十分热情，我借住在一个叫岩东的青年家里，白天就在他家附近转转，不敢贸然到原始森林深处去。一天，岩东说要上山捉犀鸟，问我愿不愿跟着去。我对上山充满期待，但反对他捕捉野生动物。岩东告诉我，这里允许少量捕捉。我想了想，便同意了。

第二天，岩东背着一个大竹笼，带着我上路了。跟我们同行的还有一只猴子，它个头不大，四肢很强壮，十分精灵古怪，在地上蹦来跳去的。岩东告诉我，这是一只猕猴，朋友送的。当地很多人都养了这种猴子，因为它们乖巧听话，又善于模仿人的动作，训练后可以帮人摘树上的果实。岩东的话让我的脑中浮现出很多有趣的画面。

热带森林里遮天蔽日，桫椤、望天树、巴西橡胶等热带树木高不可攀，令我叹为观止。岩东三十多岁，眉清目秀，十分健谈，不断为我讲着山上的各种趣闻，回答着我的各种提问。我觉得他真像一个专业导游，如果将来这里开发成旅游景点，他一定大有用武之地。

岩东告诉我，犀鸟个头非常大，有一米多长，长着硕大的嘴，很厉害，还擅长飞翔，是不容易猎取的。但他去年琢磨出了一种绝招，轻而易举地就捉到了好几只犀鸟。他神秘地笑着说："犀鸟的用处可多了，浑身都是宝。"

岩东开始仔细观察一些高大的树木，他的视力极好，经验也很丰富。没过多久，他咧开嘴笑了——目标找到，那是一棵几十米高的油杉树。他把猕猴叫过来，指了指，猕猴唧唧直叫，面部表情丰富，似乎真能听懂。

猕猴开始爬树了，这样的大树人很难爬上去，但猴子一眨眼就爬到二十米高的地方，它在树杈间停稳，用爪子抠起树皮来。

岩东笑着给我讲解："现在正是犀鸟的繁殖季节，它们养育宝宝的过程非常有趣，雌鸟在巨树上选好一个距地面极高的洞穴，然后钻进去产蛋，并且用果壳、木屑、唾液、泥土等把洞穴的口封住，只留一个小口。接着雌鸟就一直待在里面开始孵卵，这前后至少需要一个月……"

“难道雌鸟就一直不吃不喝？”我问。

“当然不是，雄鸟每天都会来喂食的。等小鸟们被孵出来后，雌鸟就破洞而出，参加育雏行动。等小犀鸟稍大些，犀鸟夫妻就会一起带着它们的孩子出去寻找食物。”岩东说。

“这么说，犀鸟夫妻还是很重感情的，和人差不多呀！”我赞叹道。

“我正好利用犀鸟繁殖的特点，训练猴子挖开树洞去捉它们……”岩东说着得意地笑了。

此时，猕猴已经把树身掏了一个大洞，里面传来了雌犀鸟的尖叫声。我听了心里很不是滋味。猕猴把爪子伸进了洞中，要把雌犀鸟掏出来。可雌犀鸟没有束手就擒，用大嘴啄着它的爪子，双方发生了激烈的争斗。

雌犀鸟块头比猴子要小，久困窝中，渐渐体力不支，行动受限，哪里斗得过训练有素的猕猴。最后，猕猴抓住雌犀鸟的大嘴，使劲往外拖，雌犀鸟被拖了出来。猕猴又极快地掐住了它的脖子，雌犀鸟拼命扇动翅膀，试图飞起来，却始终摆脱不了猕猴，双方在纠缠中慢慢坠落到地上。

我看得心惊肉跳，岩东发明的这个办法虽然别出心裁，可也够悬的。猕猴抓起犀鸟来并不轻松，爬得那么高，也是冒着相当大的风险。

一米多长的雌犀鸟被装进笼子里，仍然没有屈服，它撞来撞去，发出吓人的叫声。我凑过去仔细观察起来，我以前还真没有见过犀鸟呢。它的嘴很长，有三四十厘米，呈象牙黄色。它的头上有个铜盔状的突起，如同犀牛角一样，大概这就是叫它“犀鸟”的原因吧。它的羽毛十分华美，上体黑色，闪烁着隐约的金属般绿色的光泽。它还有一个特征就是眼睛很大，睫毛很长、很粗……这真是一种奇特而美丽的鸟。

突然，头顶传来啪啪巨响，如同飞机飞过，我吓得一激灵。岩东叫道：“快看，雄犀鸟回来了！”我忙抬头看，一只更大的犀鸟正在我们头顶盘旋，看起来气势汹汹的，它翅膀振动发出的声音太恐怖了。一般情况下，鸟类是很怕人的，见了人早飞走了，但它居然敢跟我们叫板。

“这家伙胆子够大的，别的雄犀鸟见雌犀鸟被捉，只会大叫，哪有这么大胆的？”岩东说。

“那怎么办？看来这两只犀鸟感情非常好。我看咱们还是把雌犀鸟放了吧，放了它，雄犀鸟也就飞走了。”我建议道。

“你放心，它不会怎么样的。干脆，我给你露一手！”岩东说着，跳起来挥舞起了柴刀。

突然雄犀鸟对我们发出粗粝的、如同马嘶般的大叫，并越凑越近，那情形令人心惊胆战。岩东却并不退缩，他不停跳起来，用刀挥向雄犀鸟。但雄犀鸟相当灵活，岩东总是失手，他只好一路追着雄犀鸟。渐渐地，他们离关雌犀鸟的笼子越来越远。

也就在这时，雄犀鸟突然摆脱岩东，以最快的速度飞到笼子边，两只犀鸟隔着笼子大叫着，拼命想冲破笼子的阻隔。我被眼前的景象惊呆了，没想到鸟类会有这么强烈真挚的感情。

岩东也十分惊诧，他愣了片刻，噌噌几步蹿过来，抡起柴刀，要把雄犀鸟劈为两半。我不由地叫道：“住手！”并上前去抓他的胳膊。

雄犀鸟还是很警惕的，立刻飞了起来，岩东只砍落了它的几簇羽毛。

“你看它们感情那么深，我实在不忍心看你杀害雄犀鸟，我给你一百块钱，算是弥补你的损失。”我说。

“这不是钱的事。我堂堂一个猎手，居然制伏不了两只犀鸟，传出去多丢人。”岩东说。

我们争论起来，谁也说服不了谁。最后，我说：“那你自己打猎吧，我在附近看看风景，然后一起回家。”说完，我走到一棵望天树下研究起那巨大的板状根。岩东执迷不悟，继续观察周围的树上还有没有犀鸟的窝。

过了一会儿，天空中又传来飞机飞过般的声音，一听就知道又有犀鸟飞来了。抬头看，果然空中有一只犀鸟，并且就是刚才那只雄犀鸟。它可真够执着的，估计不把伴侣救走是不会罢休的。我为它的精神感叹，同时也非常为它担心，因为岩东不打算放过它。

岩东挥舞柴刀做好了迎战的准备，但是雄犀鸟并没有俯冲下来跟他短兵相接，它的爪子里似乎抓着一个东西，我的眼睛有点近视，看不清楚，似乎是一根绳子。但是岩东看清了，他发出了凄厉的惨叫，抱头鼠窜——这可不像他的作风。雄犀鸟好像成了强者，大叫着在上面追。岩东是真害怕了，跑得极快，恨不得就地找个洞钻进去。

突然，岩东脚下被绊了一下，摔倒在地。雄犀鸟立即一松爪子，把那个绳索般的东西抛到了他的身上。我好像看清了，“绳索”是彩色的，很鲜艳很粗，并且在蠕动——

那会不会是一条活毒蛇？没错！怪不得岩东吓成那样。

岩东虽然摔倒了，但是并没有摔晕，他的头脑是清醒的。在毒蛇接触他身体的瞬间，他以最快的速度抓住了毒蛇，但他仍然发出一声惨叫，毫无疑问，他被毒蛇咬中了。他拼命地把毒蛇甩出十几米远，并且迅速爬起来往回跑。我不能见死不救，上前拉住他往安全的地方跑。

没跑几步，岩东说："你快帮我挤挤血，我被毒蛇咬了！"我见他右臂上有两行牙印，立即帮他挤毒血，他的伤口只是有些红肿，并没有出现特别严重的中毒症状，他的神智也一直很清醒。他告诉我，那是一条金环蛇，是被雄犀鸟捉来的，由于它们曾搏斗过，毒蛇早把毒液用完了，所以他虽被咬了，却没被注入多少毒液，估计是没有太大危险的。

远处关雌犀鸟的笼子处一直传来两只犀鸟的叫声，估计是雄犀鸟想救雌犀鸟，却打不开笼子。我说："我去把笼子打开吧。"这回岩东没有反对。

我忙跑回去，雄犀鸟似乎知道我没有恶意，所以没有攻击我。我以最快的速度打开笼子，转身跑开了。雌犀鸟出了笼子，两只犀鸟飞了起来，落到一棵大树上，过了一会儿又飞走了。

我回到岩东身边，发现他好像变了一个人似的，神色有些凝重。我问："刚才究竟是怎么回事？"他说："犀鸟是不怕毒蛇的，因为它的嘴非常大，毒蛇咬不到它。刚才那只雄犀鸟见打不过我，竟不知从哪里活捉了一条金环蛇。它知道毒蛇的厉害，想把毒蛇抛到我身上，让毒蛇来对付我。多亏

金环蛇毒液没了，要不然我会死得极惨！真没想到犀鸟能想出这种办法，我从没听说过……”

我听了也是震惊不已，雄犀鸟此举是够狠的。可转念一想，这都是人逼的呀，如果不是岩东把它的伴侣从洞里捉出来，如果不是他挥舞柴刀，恶魔般地砍向雄犀鸟，它又怎么会做出这样匪夷所思的事呢？

岩东说：“我这回算捡了一条命，以后再也不会去捕捉犀鸟了。”

我握住他的手说：“朋友，你能醒悟真是太好了！你聪明能干，以后一定能有所作为的。”

回去的路上，我思潮起伏，又想了很多：目前已知的，浩瀚宇宙中只有地球上存在着生命，野生动物同人类一样，也是有灵性的。人类如果善待它们，它们就是天使，是我们的好朋友；如果虐待它们，它们就会变成魔鬼，成为我们可怕的敌人。

动物观察笔记

# 会装修“产房”的犀鸟

**种属** | 鸟纲犀鸟目犀鸟科

**体长** | 70—120厘米

**生活区域** | 非洲及亚洲南部

**◎出没地带**

热带雨林

**◎最喜欢的食物**

果实和昆虫，爬行类、两栖类的小型动物

**◎保护级别**

国家二级保护动物

## ❶ 美丽的大鸟

犀鸟是一种美丽而珍贵的大型鸟类。它的嘴就占了身长的三分之一，有的甚至达到二分之一。它的一双大眼睛上长着粗长的眼睫毛，头上还长有一个铜盔状的突起，好像犀牛的角，故而得名犀鸟。

## ❷ 奇特的产房

犀鸟到了“生儿育女”的时候，雌鸟会自选树洞，在洞里垫上腐朽的木质，上面铺些柔软的羽毛，产房“装修”好后，雌鸟便开始产卵，产好卵，雄鸟就在洞外协助封闭洞口，仅留下一个能为雌鸟提供食物的小洞。经过28—40天，小犀鸟破壳而出。雌鸟再用嘴把洞口啄开，和雄鸟一起哺育雏鸟。

## ❸ 有趣的用餐方式

犀鸟吃东西时，往往先用嘴将食物向上抛起，然后再用嘴准确地接住，吞下食物。

## ❹ 犀鸟之乡

犀鸟是马来西亚沙捞越州人心目中的神鸟，当地的州徽就是一只可爱的犀鸟形象，因此沙捞越州也称“犀鸟之乡”。在每年举行的“鸟节”上，以犀鸟雕刻祭神是一种必需的仪式。

# 第九章

## 棕熊奇闻

扫码即可
声临其境

在一次去金平县游玩的路上，我遇到一个叫梁治的人，听他讲述了一个发生在他小时候的离奇往事。梁治的老家在川西北的石渠县，那里毗邻青海和西藏，地广人稀，生物资源很丰富。白唇鹿是其中比较有名的野生动物，这是一种我国特有的鹿，属国家级保护动物，数量已经很少。近年来，人工养殖白唇鹿的比较多，他家也养了好多只。

为了防止鹿群因近亲繁殖而退化，那里的农户们有意让家养的母鹿与山上的野生公鹿“婚配”，这样生下来的鹿往往特别健康，白龙就是这样诞生的。白龙的父亲是一头十分强壮的野生公鹿，听这名字，我们就能想到它有多出类拔萃了。它一生下来就比一般的鹿崽大，梁治的爸爸见它是个好苗子，就特别细心地培养。白唇鹿天生就是有灵性的，白龙又极其聪明，从小到大梁治与白龙混得特别熟。不谦虚地说，真有点像我们说的“心有灵犀一点通”。梁治的眼神、手势它都能看懂，它的喜怒哀乐也瞒不过梁治。梁治一家对它非常信任，经常让它到山上自由活动，时间到了，它会自己回来。它明显比一般的家养白唇鹿更具野性，梁治猜测白龙可能与它父亲见过面，或经常和野生的鹿群混在一起。

那年中秋，梁治又骑着白龙进山采药。白唇鹿是大型鹿类，白龙更大，体重有二三百千克，长两米，肩高一米七。它长着五分叉的角，很威风。它全身的毛都是灰棕色的，只有唇的周围和下颌为纯白色，这是白唇鹿的典型特征。在梁治眼里，白龙身形矫健敏捷，生龙活虎。

那天很有收获，梁治采到了不少木蝴蝶、厚皮树、石油菜等药材，装满了背篓，便唱着山歌，兴高采烈地往回走。

山上没有固定的路，能走的就是路。白龙很识路，绝对丢不了，这点梁治不用操心。他正高兴着呢，突然白龙停下不动了。他闻到了一种特别的气味，这股味很重，绝对不会是小动物。天啊，今天可能要开眼了。

为什么说开眼呢，虽身为山里人，却还是难得见到祖辈说的虎豹之类的猛兽，所以特别想见识。

终于，梁治发现了几十米外的庞大身躯。天哪，是一头熊！从棕灰的毛色看，是棕熊，它比黑熊要大得多。梁治揉了揉眼睛，生怕是幻觉。没错，棕熊抬起又大又圆的头来了——好大的嘴巴！它的眼神和气味都不对，仔细看，它的身上竟然有伤。他感到事情不妙，野兽一般见人就跑了，但受了伤的就危险了。

梁治的担心马上应验了。这头棕熊突然向他们猛冲过来，毫无疑问这是进攻的意思。棕熊看似很笨拙，奔跑的速度却很快，四足腾越，如排山倒海。梁治真希望是自己看花了眼，可眼前的一切都是真实的。他浑身直冒冷汗，心想：我命休矣。

白龙也吓得愣住了。梁治知道，此时，白龙逃命几乎没什么可能，只能等死了。突然，白龙猛跑起来，速度很快，且并不十分慌乱，梁治能稳稳地坐着。莫非还有希望？

山谷正好有一块开阔地，白龙可以撒欢地跑。不过棕熊没有放弃，依然猛追。梁治感到耳边风呼呼响，手紧紧抓住鹿鬃。白龙并没有跑直线，经常来个急转弯，不过都会提示梁治做好准备。多亏他们平时都磨合熟了，配合极好，否则稍有不慎人就会被摔下去。这时梁治转头看了看侧后方的棕熊，棕熊体重超过三百千克，呼啸狂奔着，嘴巴大张，两眼紧盯着他们，吓得他魂飞魄散。可以想象，梁治一旦落地，瞬间就会被撕成碎块……

梁治希望白龙能赶快摆脱棕熊，这样下去他不被吃掉也可能会被吓死。但是白龙却不敢往远处跑,因为前面是山坡,往那一去必然需要减速,就很可能被棕熊追上。可总在这片开阔地打转也不是办法,想把棕熊拖垮那几乎没有可能,因为棕熊耐力非常好,它能高速连跑一小时。梁治

早已浑身被汗湿透，心想自己今天在劫难逃了。

白龙很聪明，渐渐摸清了棕熊的弱点，就是视力不佳，虽身体庞大，但惯性也强。它时常来个急转弯，渐渐拉远了和“追兵”的距离。趁着棕熊正在调整方向，白龙突然向北面的山坡跑去，并很快冲上了山坡。虽然减了速，但棕熊并没有追上来，和梁治、白龙还有一段距离。

梁治不明白白龙是什么意思，山坡越往上越陡，上去也难以逃离呀。不过梁治在白龙的背上，又能怎样，听天由命吧！

白唇鹿生活在高山地带，善于爬坡，速度很快。山坡并不平坦，有很多乱石，当地就是这种地貌。白龙一边往上爬，一边有意往后踢石头。梁治往回看，见不少石头滚下山坡，向棕熊砸去。棕熊虽皮糙肉厚，可也不敢与滚石硬碰硬，只得狼狈地躲闪着。

梁治恍然大悟，白龙可能就是想用这种办法对付棕熊。它经常上山与它父亲或野生鹿群生活在一起，生存技能很强。这个办法真不错！

山坡很陡，白龙爬不动了，梁治立刻跳下来，尽量稳住身子。棕熊距他们大概三十多米远，仍穷凶极恶地往上爬。梁治很恐惧，因为向上已经无路可逃。但他好歹也是男子汉，岂能束手待毙！拼了！梁治使劲往下面推石头，朝着棕熊砸去，梁治的手法比白龙往后踢石头的效果好多了。他们居高临下，这种“滚木礌石”的阵法真是太好了。棕熊已经无法前进，一旦被击中，还会有生命危险。

为了尽快摆脱棕熊的进攻，梁治有些心急，努力去找大石头往下推，忘了自己是在陡坡上，突然脚下一绊，向坡下滚去。

“这下真完了！难道自己命中注定就是喂熊的……”千钧一发之际，梁治感觉自己停下来了。睁眼一看，原来是白龙追过来，用嘴咬住了自己的胳膊。虽然有点疼，但却救了他的命。白龙哪里是动物，简直是位大侠！

梁治起身紧紧抱住白龙，感激不已。

再次大难不死，梁治变得沉着冷静多了，他不再恐惧，反正命都是捡的，还有什么好怕的。这时棕熊又往上爬了不少，也到了比较陡的地方，离他们就二十米。梁治站稳身子，对准棕熊又开始向下推石头。

很快梁治掌握了方法，棕熊躲闪起来也比刚才困难了许多。终于有一块大石头正好砸在棕熊头上，石头很重，棕熊一下子被砸懵了，向山坡下滚去。棕熊滚出好久才停住，看样子伤势很重，已经完全昏迷。

他们胜利了！前后不到四十分钟，梁治却在生死线上打了几个来回，真是太惊险了。是非之地不可久留，他和白龙趁棕熊还在昏迷，迅速撤离，下了山。下山后，梁治及时联系了森林公安。后来听说森林公安把棕熊送到了野生动物救助中心。

在那之后，梁治和白龙就像亲人一样。梁治每每想起白龙，就会不自觉地跟别人提起这段往事。

说到棕熊，我也有和梁治差不多的经历。那次，我被一头几乎“成精”的棕熊完全控制，徘徊在死亡边缘，真是不堪回首！

那是几年前，我跑到朋友小王所在的勘测队去玩，当时他们在川西北的雀儿山上寻找重晶石矿。当地山高林密，地广人稀，条件很艰苦。为了早日有所发现，队里实行分散作业。

小王刚从地质大学毕业，工作很积极。那天，他主动要求带上帐篷和食品，离开驻地卡松渡镇，到最偏远的深山进行实地调研。我正好没事，就陪他一起上路了。

前两天，工作还算顺利，在一条大峡谷中，我们发现了很多特征明显且非常有价值的岩石样本，心里很高兴，看来大有收获。

一日，我俩又勘查了一二千米，有些疲倦了，便在一块平整的巨石上躺了下来。周边荒草丛生，散落着一些牛羊粪，估计只有牧民才偶尔光顾这里。

不一会儿，隐约传来“咩咩”的叫声，好像有一大群绵羊跑过来，我估计是有牧民经过，便没当回事。但那羊群的叫声煞是凄厉、混乱，不像是在吃草，倒像是在等待挨宰。情况不对，我忙坐了起来，果然看到二十多只绵羊正跑过来，在后面赶羊的是一个穿棕色翻毛大氅的大个子。

那牧民身材很魁梧，至少也有一米九，四肢粗壮，迥异于常人，脑袋也是个特大号……不对，他的嘴巴是不是太离谱了，手掌怎么黑乎乎的，而且还时不时趴在地上四肢并用地走路。定睛一看，我倒吸了一口冷气！妈呀，哪是什么牧民，分明是一头大棕熊！棕熊后肢发达，一些老熊可以直立行走，和人差不多，当地人称它们为“人熊”。

“快趴下，别动！”我低声说。我俩紧紧贴在石头上，一动不动。棕熊离我们仅有三十几米，此刻逃跑已来不及，它在这崎岖的山路上追我们是小菜一碟儿。由于事先没预想到当地有大型猛兽出没，所以我们没有配备防身武器，徒手根本不是它的对手。

棕熊张牙舞爪地赶着羊，那可怕的长嘴巴和满嘴尖牙已是清晰可见。我们祈祷不要被它发现！

但棕熊发现了我们扔在石头下的装备包，闻到了里面香肠的诱人香味。它立即扑上去，用前掌把旅行包撕了个大口子，尖嘴巴拱进去，在里面嚼了起来。

“还不快跑！”小王见机会难得，拉着我跳下石头就跑。

没跑几步，棕熊已嗥叫着从后面追上来。它视力一般，嗅觉却极灵敏。这下我俩已经完全暴露了。

棕熊跑得非常快，眼看已到身后。我俩惊骇不已，急忙拐弯，想甩开它，但地上不平，竟都被绊倒了。这下可完了！

可能是棕熊不太饿吧，没有立刻发动攻击，只是挡在我们前面，发出威慑力极强的咆哮，并挥动巨掌把我们向后驱赶。我明白了，它是想把我俩轰回去。我急忙拉起小王转身往后跑，混入了羊群。棕熊不再理会我俩，开始恐吓那些不老实的羊。它可能把我俩也当成了要逃跑的绵羊。棕熊是一种很奇特的大型猛兽，性情狡诈，不但不怕人，还敢于追击捉弄人，凡是棕熊出没的地方都流传着很多匪夷所思的故事，没想到今天让我俩碰上了。

我俩心惊胆战地随着羊群往前走。中途几次伺机逃跑，都被棕熊发现，给撵了回来。它对我俩还算客气的，有一只母羊发疯般强行跑出十几米，被它追上，当场拍死，拖了回来。别的羊见状，吓得抖作一团，再不敢有非分之想。我俩更是毛骨悚然，只能以静制动，等待时机了。

我们提心吊胆地和羊群一起，顺着狭长的山沟走了两三里路，又爬了几个坡，拐了几个弯，来到一个直径一米多的山洞前。棕熊卖力地把羊群往里面轰，看来，它是想把羊囚禁在里面，然后慢慢吃掉。这在书上也有记载，棕熊每年

深秋都会寻找合适的大山洞准备冬眠，前提是必须吃饱喝足……这事听着离奇有趣，可真的置身其中就另当别论了。我们吓得脸都绿了。

我俩尽量拖延，不肯进洞，最后外面只剩下三四只羊了。棕熊对我们这几个“消极分子”大为恼火，不住地吼叫着，准备强制执行。万般无奈之下，我们只好硬着头皮钻进了山洞。所谓好汉不吃眼前亏，进去再想办法吧。

山洞内高大宽敞，有几百平米，但没有其他的出口。棕熊最后一个进来，随后便用一块大石头堵住了洞口，仅在上方留了一条缝，透进些光线来。它把羊群赶到深处，自己躺在洞口旁睡下了。

天黑了，洞中伸手不见五指，羊群也都睡着了，我俩却难以入眠，商量着该怎样逃出去。今天晚上肯定没戏了，因为我俩就算累死也休想挪动那块巨石，只能等棕熊出洞时再寻找机会。

终于挨到了天亮，羊群有些骚动。棕熊伸了伸懒腰，向这边走来，我俩和羊群挤在石壁下，已无路可退。棕熊舔着嘴唇，伸出前掌在羊身上摸起来。每摸到一只，那羊便吓得浑身痉挛，但不敢挣脱。棕熊挑了半晌，终于把其中一只拖出了羊群，一口咬断了脖子，随后便大口咀嚼起来。我俩吓得都不敢看。

接连两天，棕熊每天都吃掉一只羊，吃完便呼呼大睡，从不出洞。看来，它打算就这么养足了膘，然后冬眠了。我和小王叫苦不迭，制订了几个“越狱”行动方案，但都没敢实施。

这天，棕熊又开始摸羊了。每回它摸，我俩就尽量弯腰往后躲，藏到羊肚子底下，显得比羊还矮小。这次它不知怎么了，推开那群羊，径直向我俩凑过来。我的天哪……

小王块头较大，棕熊伸出前掌在他背上摸起来，并用尖鼻子嗅着。我夹在几只母羊中间，偷眼看着这情景，心都提到了嗓子眼儿，可我实在不知该怎样帮他。

小王长我几岁，走南闯北，见多识广。他意识到大事不妙，立即把头一歪，仰躺在地。原来他是在装死。棕熊轻易不吃死尸，有这么多活蹦乱跳的肥羊，更犯不着吃“死”的。

这一招果然奏效。棕熊本来是想把他往外拖的，见状便收起了前掌。小王仰面朝天，躺在地上，做出极为逼真的僵尸状，屏息凝气，纹丝不动。

棕熊并未走开，而是站在小王身边，老谋深算地注视着他。好个小王，愣是憋了一分半钟没呼吸。

棕熊仍不肯罢休，突然猛地在他胸部击了一掌。我大惊，拔出匕首，准备不顾一切地冲上去跟它拼了。但是小王经验丰富，非常有定性，还是没动，棕熊终于放弃了他，又向我摸来。我吓得急忙趴在地上，棕熊在我头上、背上摸了半晌，这样的恐惧真是无法用语言形容！好在总算蒙混过关。棕熊最后拖住一只羊走开了。

又过去了一天，我俩身子极度虚弱，嘴皮干得都起泡了，精神更是处于崩溃的边缘。但是我俩咬紧牙关，相互打气，只要还有一丝气息，就不应绝望。

天无绝人之路，机会终于来了。那天估摸是正午时分，洞外突然传来猛兽的吼叫声。我俩精神一振，听起来也是一头棕熊，好像非常恼怒，吼叫渐渐变成了咆哮，并用爪子挠石头！或许这个洞以前是它的冬眠之所，它今天一来发现被占了，便大为光火。洞里的棕熊起初一直没出声。外面的棕熊更加肆无忌惮了，猛地把堵在洞口的大石头推开一道大缝，阳光射了进来。里面的棕熊见状，一下子扑过

去，它可不想把这风水宝地拱手相让，何况还有这么多美味。它推开大石头，号叫着钻了出去。外面的棕熊毫不客气，立刻发动猛攻，一场混战开始了……洞口并没有被堵上！

我和小王急忙摸过去，往外一瞅，两头棕熊正在厮杀，并且越来越远。机不可失，时不再来。我俩立刻钻出去，终于重见天日了。

我俩拼尽力气奔跑，心想这回可是老天有眼，捡回了一条命。跑出上百米后，我们发现其中一头棕熊竟追上来了！

我们一边猛跑一边大声呼救。当棕熊离我们只有十几米时，突然传来一声枪响——前面有人！

人群一阵咋呼，又放了几枪，棕熊终于吓得掉头跑了。

原来，勘测队发现我们几天还没返回，意识到可能遭遇不测，立即组织搜寻营救。由于地域太广，几天过去，一无所获。今天我俩一喊救命，他们听到就立刻跑了过来。

谢天谢地，我们终于获救了！

动物观察笔记

# 最爱吃鱼的棕熊

**别名** | 灰熊

**种属** | 哺乳纲食肉目熊科

**体长** | 1.5—2.8米

**体重** | 雄性135—545千克，雌性80—250千克

**生活区域** | 欧亚大陆以及北美洲大陆

◎**出没地带**

荒漠边缘、高山森林、冰原地带

◎**最喜欢的食物**

鱼

◎**保护级别**

国家二级保护动物

## ❶ 画个圈圈占地盘

每头棕熊都有自己的领地，它们常常在树干上留下用嘴咬的痕迹、用爪子抓挠的痕迹和用身体擦蹭的痕迹，作为各自领地边界的标志，以免互相侵犯。

## ❷ 冬眠的时候

棕熊有冬眠的习性，为了积累冬眠期间所需的大约50千克脂肪，它们秋天时必须吃掉400—600千克的浆果和其他食物。一般每头棕熊独居一个洞穴，只有母熊与3岁以下的幼仔才同居一洞。

## ❸ “熊大”和“熊二”

棕熊是相当好斗的动物，其中级别最高的是体形庞大的大公熊；位列第二的是带着孩子的单身母熊，出于对幼子的爱护，这些母熊们具有相当的危险性；级别最低、威胁性最小的是那些刚刚独立不久的棕熊。

## ❹ 棕熊的最爱

棕熊善于游泳和在湍急的河水中捕鱼。每年一到洄游鱼开始溯流而上的时候，棕熊便在河里张开嘴等着吃鱼，一般情况下不费什么力气就能有所收获。

# 第十章

## 迷宫中的大象

扫码即可
声临其境

在我还未到过西双版纳之前，遇到了一个来自西双版纳的小伙。小伙叫姆提，是个傣族人，总穿着带有奇怪花纹的衣服，脖子上还挂着一条用木头雕刻成的大象。

我们俩作为护林队的实习生跟着大伙儿一同学习。那时的我特别羡慕姆提，虽然他和我年龄相仿，但他总能在山林中轻松应对各种突发状况。如：暴雨将至的时候，他总像是获得了某种神秘的召唤，提前告知我们要收回晾晒的衣物或是赶紧寻觅避雨的场所；缺少补给的时日，他也总有办法从野地或者树梢找到填补我们肚子的食物；遇到发狂的猛兽或受伤的动物，他仍能保持冷静找到应对的方法。

老资历的队员们都十分看重他，有什么好酒好菜总叫上他一道享用，还争抢着要收他做徒弟。每每他们不经意把话题集中到姆提身上时，我总会不由自主地远离他们，找个地方自己一个人待着。在我记忆中,不开心的我总会登上林区一处搭建在树上的瞭望台。说是瞭望台,其实不过是为了观测是否有盗猎者入侵而盖的一个简易的茅草房。房子的屋檐四角挂着用竹块切成的小木片,只要风从那经过,木片就会发出清脆的声响。

那日护林队收到了一大桶村干部送来的猪肉,大伙儿好几周没碰过油腥了,就开始围着火把烤肉喝酒。一人提议让多才多艺的姆提给大家唱首歌,欢声笑语中,我钻进了树林。我真像是个隐形人啊,一种失落感又带我走向树上的瞭望台。

当我对着漫天星光发呆的时候,一阵脚步声落在我的身旁。我一转头就发现姆提正咧着嘴朝我微笑。我们沉默了片刻,他开口询问我为什么要一人来到此处。见我没回应,他若有所思地谈起了自己的往事。

姆提说自己是家中年纪最小的一个,他家还有一个早早就考上大学的哥哥和两个勤快懂事的姐姐。在外人看来姆提从小是家中最没用的一个,学习不如哥哥,做事不如姐姐。而他只是个整天在外撒野的小鬼头。他打心眼里羡慕哥哥姐姐们,想像他们一样成为爸妈的骄傲。所以一成年,姆提便自告奋勇地要和阿爸一起去山林捡柴火。

别看那时的姆提平日里大大咧咧,可一进山林就变成了战战兢兢的小猫，寸步不离地跟在阿爸身后。而他捡来的柴火不是没办法烧起来的死木头，就是沾满淤泥的烂木头。在西双版纳密密丛丛的林子里，他还会在泥沼中摔倒或是摸不着东南西北撞个满头包。

听着姆提的这些往事我不禁笑出了声："这听着可一点都不像你会做出来的事。"

姆提摸了摸脖子上的大象说："你相不相信，很多时候一件事就可以立马改变一个人。"

就在那晚，姆提跟我讲述了一个他自己亲身经历的冒险故事。

那是一个雨季，空气里总飘着一股泥土的气味。好不容易等来了大晴天，姆提的阿爸却因为风湿病走不动路。姆提只好带上家中的猎狗——黑子独自进山捡柴。森林里到处挂着晶莹的水珠，黑子也欢快地在草丛中上蹿下跳。

突然黑子发出一声响亮却惊恐的吼叫。姆提拨开草丛一看，一条青色的巨蟒正与黑子对视着。黑子见姆提靠近，不停地吠叫像在告诉他不要靠近。这是姆提第一次体会到真正的害怕，那是一种全身爬满蚂蚁的感觉。黑子继续吠叫着，一步步向后退去，姆提也跟着黑子的步伐慢慢移动脚步。巨蟒则一动不动看着他们。姆提望着黑子的脊背，虽然它比蟒蛇小上好几倍，虽然它的腿和自己一样止不住地颤抖，却依旧龇着牙，压抑着内心的恐惧。

当退到一片沙地时，黑子突然转过身用后腿朝巨蟒拨起沙子，然后如箭一般射出，同时高声朝姆提叫嚷着。他明白黑子的意思，平日黑子总用这种叫声呼唤姆提去追它。他跟着黑子跳出草丛，巨蟒挺出身子追了上来。他们钻过一个树洞，巨蟒便游到树干上。他们忙不迭地爬上一块巨石，巨蟒便沿着巨石边缘不停徘徊。情急之下，他抱着黑子跳上巨石旁的一棵大树，正想用大树的枝叶藏身，不料巨蟒识透了他的意图，吐着鲜红的信子朝大树游来。

姆提说他从未想过蛇的鳞片可以如此硕大，它们像一把把不时鼓起的扇子。这些鳞片缀着雪白色的边沿，连同树皮一起发出可怕的撕裂声。姆提不得已只能顺着树干的一头向下滑，但他太紧张了，疲软的双腿使不上一丝气力，连滚带翻地从树上落下。树干的另一头被浓密的草丛遮掩着，姆提滚下后才惊觉，这原来是一个斜坡。还没等他挣扎，他和黑子便伴着尖叫不停下落。

等姆提再次睁开眼，四周已经完全变了样。围着他的是

巨人般的树木，零星的光亮透过树叶落下。黑子正舔着他的脸，发出担忧的吠叫。他发现他的手脚因为刚才的翻滚留下一道道鲜红的印子。他忍着疼站起身，喊了几声。幽暗的森林里灌满了他的声响，几只鸟被他的声音惊醒，扑腾着翅膀划过他的跟前。他不知道自己究竟到了什么地方。

黑子在此刻支棱起耳朵，朝着一个方向不停地叫嚷。姆提惊喜地以为它发现了熟悉的路。他朝黑子注视的地方张望，虽然什么都没看到，却听到了一阵阵沉重的呼吸声。姆提的脑中飞闪过各种各样的画面，那些画面里有可怕的猛兽，也有鬼魅的妖魔。他咽着口水，汗流浃背。正当他准备逃离这个发出声响的地方时，却发现那条追赶过他们的青色巨蟒正朝着那个传出呼吸声的地方游去。与此同时，黑子也小心翼翼地跟了过去。

姆提小声呼喊着要黑子赶紧离开，黑子却没听他的话，站定在一个草丛旁。它愤怒地吠叫着，全身的毛也炸开。疑惑中的姆提上前抱住黑子，他也瞧见了草丛里头的秘密。一头大象被捕兽夹钳住了一条腿，痛苦地倒在地上，在它的身旁依偎着一头无助的小象。

在姆提的童年里曾多次见过大象，几乎每次都是隔得远远的。阿爸曾告诫过他，大象虽然不会主动攻击人，可一旦感到危险就会胡乱地冲撞。阿爸小的时候就曾看到过几头惊吓过度的野象冲进村庄，踏平了房屋，踩伤了村民。但姆提喜欢大象，这种好感源于一个不知去向的马戏团。

这个马戏团只来过姆提所在的村庄一次，那次好多小孩都早早地买好了票准备前往。姆提没有钱，也不敢向拮据的爸妈要，就偷偷摸摸地溜进了马戏团驻扎的小土坡。

那里搭着好几个红色的帐篷，可惜姆提的冒险行动还没开始就被一个画着红鼻子的老头撞见了。

姆提像是见着鬼似的大叫一声哭了起来。老头一下子从气汹汹变成态度和蔼地安慰，甚至主动提出只要姆提不哭就给他看些有趣的东西。姆提长大后才明白，那个画着红鼻子的老头在马戏团有一个专门的称呼——小丑，而这个小丑老头应该早就清楚姆提闯入的目的。小丑老头带姆提走进了还未开始表演的马戏团，那些所谓有趣的东西，是顶着瓶子的人，跳火圈的狗，在姆提看来这些都十分地惊悚。他还是一路哭着，就算每个见到他的人都摸着他的头，都往他的口袋里塞糖，也没让他停止哭泣。直到遇见一头伸出鼻子同他握手的大象，他才止住了哭声。他睁大沾满泪水的眼睛，盯着那头不停哈着气的大象。因为他发现那头大象的眼睛也是湿润的，但它没有哭也没有掉眼泪，它不知从哪儿用鼻子弄来一顶帽子给姆提戴上。

所以当姆提遇着这头大象的时候，内心升起一种奇妙的感觉。但这种感觉很快就被游动的巨蟒打破。姆提瞧见那条青色的巨蟒正虎视眈眈地盯着那头不知所措的小象。那头小象像是刚刚出生，身上沾着淡黄色的黏液，每次站起都摇摇晃晃，似乎随时都会跌倒。小象用它纤细的鼻子撞击着大象脚上的捕兽夹。捕兽夹发出哐当哐当的响声却纹丝不动。小象焦急地呜咽了几声，大象则艰难地用余光注视着小象，用自己粗大却松软的鼻子轻碰着小象的额头。

姆提猜想这对大象大概是母子，母亲带着刚出生的孩子出来觅食，不料中了猎人的陷阱，更可怕的是一条歹毒的巨蟒竟想吞掉那头刚出生的小象。

巨蟒开始行动了，它凭借着杂草丛生的地形，灵活地蜿蜒前行。青绿色的皮肤与草地毫无破绽地融为一体。在姆提艰难地分辨巨蟒的位置时，小象和大象似乎也察觉到了危险，不安地扇动着自己的耳朵。还不太会行走的小象更是几乎直起身子想要奔跑起来。

可一切都已经来不及了。巨蟒拉直了身子像一支箭射向小象摇摆的双腿。瞬间它像一株快速生长的藤蔓，从小象的腿部攀缘到小象的颈部。小象发出惊恐的叫声。而大象则来回拨动着自己的双腿，发出撕心裂肺地叫喊。它不敢轻举妄动，现在敌人正和自己的孩子牢牢地捆绑在一起，稍不留神就会两败俱伤。

巨蟒正为自己这么轻松得手而骄傲地摇动尾巴。它现在要做的便是保持着一动不动的姿势等待小象被自己活活勒死。

姆提终于忍无可忍地捡起地上的石头朝巨蟒扔去，石头没有砸中，见势飞奔出去的黑子却咬中了巨蟒的尾巴。

恼羞成怒的巨蟒再次弹射，这次它的目标就是坏了它好事的黑子。黑子早有预料，反身一跃，跳向大象的身旁。巨蟒可不敢靠近大象，它深知就算现在难以动弹的大象也能甩一甩鼻子将它抽得遍体鳞伤。于是，它又朝小象飞快地游去。又一次，黑子蹦了出来，挡在了小象与巨蟒的中间。

姆提难以理解自己的狗为何有这种勇气和决心去帮助和自己毫不相干的动物。他只知道狗懂人心，难道黑子读懂了姆提想要搭救大象母子的心？

当时的姆提并不能解开这个谜团，但他清楚再这样与巨蟒对峙下去黑子也会有生命危险。于是他一点点挪动着自己的步伐，让尚不能分神的巨蟒无法察觉出自己在移动。最后双脚颤抖的他终于来到了捕兽夹的跟前，他深信这时唯一能击退巨蟒的只有倒地的大象了。

大象发现姆提靠近也不动声色，直到姆提将手放在捕兽夹上时，它才发出了一丝强忍下的呻吟。捕兽夹上满是大象的鲜血，姆提用尽全力仍不能将它掰开。情急之下，姆提便抓起一块尖锐的石头砸向捕兽夹。一阵金属被撞击的声音让巨蟒注意到了姆提，它快速地游进草丛中。

黑子顿时吼叫起来，它在提醒姆提更可怕的危险即将到来。没人知道巨蟒会从什么地方袭来，唯一能做的就是尽快打开捕兽夹。姆提抓起石头用力地砸，拼命地砸，一下、两下、三下。冰冷的撞击声让姆提后脊发凉。

伴着黑子的一阵狂吠，他感到有什么东西卷住了自己的腿，正将自己用力地往草丛深处拽。姆提回头一看自己的腿竟然和巨蟒“连”到了一块。黑子想上前搭救，可巨蟒藏身的地方是一片荆棘丛，黑子无法靠近，只能焦急地在一旁跳来蹦去。姆提发狂般地大吼一声把石头砸向捕兽夹，而自己也因为重心的偏移摇摆着被巨蟒拖走。当他感到一切都无力挽回时，大象伸出了鼻子。惊恐中，姆提看到这次大象不是来给自己戴帽子的，而是用鼻子卷住了姆提的身子。有十几秒，象与蛇通过姆提的身子较量着双方的气力。

可这场看似安静的博弈，被大象的一声巨吼终止，巨蟒松开了自己的尾巴。

姆提这才发现自己刚才最后绝望的一砸竟意外地将石头砸进了捕兽夹的卡口里。大象站了起来，被血迹染成暗红色的捕兽夹也脱落下来。森林里响起了大象巨大的嘶吼声，那声音里像是积攒了许久的怒火，又像是释放出了死里逃生的喜悦。这持续的嘶吼声，把姆提吓到了一边。心头

复杂的情绪让他躲到一旁的大树下暗暗地啜泣起来。他害怕巨蟒会再次出现,更害怕自己会死在这座可怕的森林中。还好那头孱弱的小象跌跌撞撞地向姆提靠近,它柔软的鼻头轻轻碰着姆提的额头。

森林里的光线越来越暗,大象和姆提都感受到了日光的消散。大象唤着小象准备离开,小象却好奇地望着姆提,像个小孩瞧见了新奇的玩意儿。

在大象不耐烦的催促下,小象才慢慢悠悠地跟了上去。眼看着大象消失在森林深处,姆提叫唤着黑子追了上去。大象回头瞟了一眼姆提,似乎并不惊讶他会跟上来。他们一路走,一路都是些高大的树,这些树与树都紧密地挨着,像是为了争夺阳光而互不相让地争夺着地盘,连大树下的缝隙都生长着各式的草木。这里一切都是绿色的,一切都是他从未见过的。

突然,大象从树上卷下几簇绿色的植物递给姆提,姆提很快认出这些植物就是野香蕉。姆提给黑子喂了一根香蕉,奖励它刚才的英勇,然后一边吃着香蕉一边继续跟着大象。他不知道大象究竟要去什么地方,他甚至想过自己会不会因此完全离开了人类的世界。

一步一步,他跟着这头受伤的大象行走在暗绿色的森林里。耳畔除了大象沉重的脚步声和隐约的鸟叫声就再也听不到其他任何声音了。姆提永远也无法忘记大象带他走过的森林，那些隐蔽于草丛中的鸟窝，那些细小的爬虫殊死搏斗的场面，那些拔地而起生生不息的树木。他从未如此近距离地观察过它们，也从未体悟到生命的艰辛与伟大。

渐渐地，在他们的头顶蔓延开淡黄色的天空，眼前出现被晚霞揉碎的湖面。风吹拂着野草，它们时而屈服地弯腰，时而洒脱地舞蹈。黑子有了新的发现，它跑向湖的一边大声地吠叫。原来那里停着一艘运送木材的轮船。姆提和黑子兴奋地朝那艘船跑去，船上的人看着不知从哪儿跑出来的人，惊讶万分。

直到船启动时姆提才想起还未同大象母子告别，它们竟然还待在那里注视着自己。它们用鼻子喝着水，也用鼻子喷出漂亮的水花。船夫惊喜地告诉他，这个湖泊已经好久没有大象来这里喝水了。姆提在船上回望着这个森林，它犹如一个巨大的绿色迷宫。他很难相信自己竟然从那里走了出来。

回家后，他把大象母子的样子刻成了木头项链，每次抚摸这条项链就会让他想起那段难忘的经历，获得一种驶向未来的力量。也就是从那天起，他开始用功读书准备做一个了不起的护林员，守护森林，守护那些落难的动物……

动物观察笔记

# 聪明绝顶的亚洲象

别名 | 印度象、野象、亚洲大象

种属 | 哺乳纲长鼻目象科

体长 | 5—6米

体重 | 3000—5000千克

生活区域 | 南亚、东南亚以及中国南部边境

◎出没地带

热带雨林、季雨林及林间的沟谷、山坡、稀树草原、竹林及宽阔地带

◎最喜欢的食物

竹笋、嫩叶、野芭蕉和棕叶芦等

◎保护级别

濒危物种，国家一级保护动物

## 1 有第五只手的大象

鼻子是亚洲象的“秘密武器”，它们用鼻子吃饭、沟通感情甚至打架。亚洲象的鼻子实际上是鼻子和上唇的延长体，它是由四万多条肌纤维组成的。鼻子的顶端有一个像手指一样的突起，我们称之为“鼻突”。它的上面集中了丰富的神经细胞，感觉异常灵敏。这使得象鼻十分灵活，能随意转动和弯曲，成了大象的“一只手”。

## 2 象群的交流

大象可以用次声波交流，这种次声波是人类听不到的，它一般能传播11千米。如果遇到干扰，它就只能传播4千米。在这种情况下还要交流的话，象群就会一起跺脚，发出强大的“轰轰”声，这种声音最远可传播32千米。那么，远方的大象是如何听到的呢？是通过骨骼。当声波传导时，会沿着脚掌通过大象的骨骼传到它的内耳。这样一来，它就听到了。

## 3 被驯化的大象

由于亚洲象智商高，性情温和，因此容易被人驯化。在东南亚一带，人们驯养大象用来骑乘、服劳役和表演等。但是被驯化过的亚洲象往往会有严重的异常行为。

# 动物观察日记

观察时间

观察地点

名字

喜欢的食物

它是

☐ 哺乳类 ☐ 鸟类 ☐ 鱼类 ☐ 贝类 ☐ 昆虫

☐ 其他

画一画

小知识点

◎它有什么装备

◎它有什么小秘密

# 动物观察日记

观察时间 ____________________

观察地点 ____________________

名字 ____________________

喜欢的食物 ____________________

它是

□ 哺乳类 □ 鸟类 □ 鱼类 □ 贝类 □ 昆虫

□ 其他 ____________________

画一画

小知识点

◎它有什么装备

◎它有什么小秘密

# 动物观察日记

观察时间

观察地点

名字

喜欢的食物

它是

☐ 哺乳类 ☐ 鸟类 ☐ 鱼类 ☐ 贝类 ☐ 昆虫

☐ 其他

画一画

小知识点

◎它有什么装备

◎它有什么小秘密

# 动物观察日记

观察时间 ________________

观察地点 ________________

名字 ________________

喜欢的食物 ________________

它是

□ 哺乳类 □ 鸟类 □ 鱼类 □ 贝类 □ 昆虫

□ 其他 ________________

画一画

小知识点

◎它有什么装备

◎它有什么小秘密

**图书在版编目（CIP）数据**

大漠神驼 / 马文秋著 . -- 杭州 : 浙江教育出版社 ,2020.6

（马文秋奇趣自然大冒险系列）

ISBN 978-7-5722-0117-2

Ⅰ . ①大… Ⅱ . ①马… Ⅲ . ①故事—作品集—中国—当代 Ⅳ . ① I247.81

中国版本图书馆 CIP 数据核字 (2020) 第 052810 号

马文秋奇趣自然大冒险系列

**大漠神驼**

DAMO SHENTUO

马文秋　著

**责任编辑**　汪　晖
**美术编辑**　曾国兴
**责任校对**　池　清
**责任印务**　陈　沁
**内文插画**　赵　燕
**封面设计**　乐读文化
**出版发行**　浙江教育出版社
（杭州市天目山路 40 号　邮编：310013）
**激光照排**　杭州兴邦电子印务有限公司
**印　　刷**　浙江新华印刷技术有限公司
**开　　本**　890mm × 1240mm　1/32
**印　　张**　5.375
**字　　数**　108 000
**版　　次**　2020 年 6 月第 1 版
**印　　次**　2020 年 6 月第 1 次印刷
**标准书号**　ISBN 978-7-5722-0117-2
**定　　价**　29.80 元
**网　　址**　www.zjeph.com